JN066929

猫には嫌なところがまったくない

山田かおり

幻冬舎文庫

There is absolutely nothing to dislike about cats.
Kaori Yamada

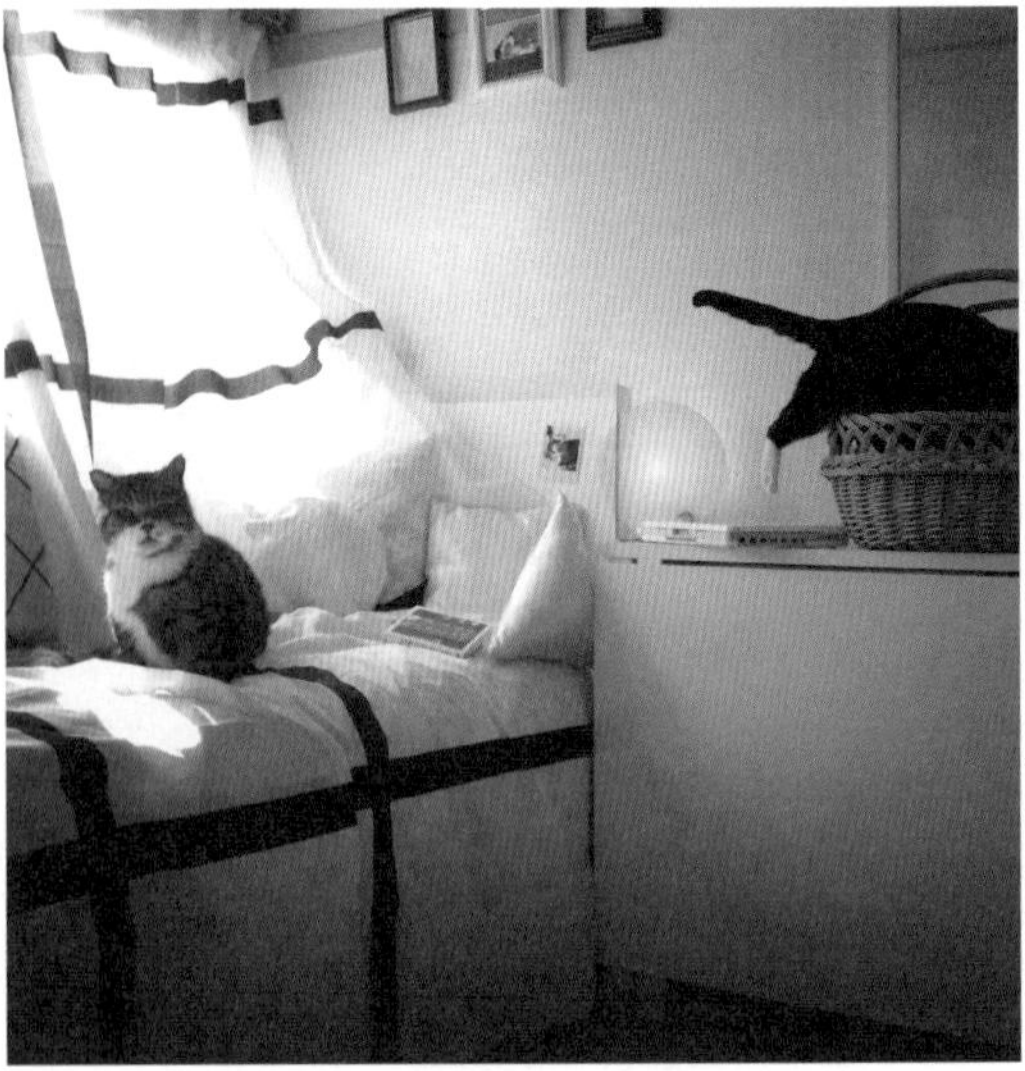

THE HOUSE BOOK

目次

朝の寸劇

にゃあと鳴くくらいでは私が起きないのを知っている2匹の猫。ボスが〝CP（チャッピー）〟で、〝のりやす〟が子分。おそらく奴らは毎朝どこかでミーティングしているはずで、キレ者の女ボス、CPが提案する。

『まずのりやす君が私に拳を上げて。本気でどつかんといてよ。ふりだけ。できる？』

『うん僕がんばる』

『でもこの程度じゃあいつ起きひんからな。で、ここでのりやす君は私をしばく。軽くよ。本気やめてよ。できる？』

『うん僕がんばる』

『ふわってしばくだけでいいから。そしたら私めちゃ倒れるから。できる？』

『うん僕がんばる！』

午前6時。ステージはベッド。寝ている私を跨《また》いでの上演は願ってもないVIP席。のりやすは、ふわっと丸い拳を上げながら私の顔をチラッと見る。〝ほら今からしばくよ。ＣＰが叫ぶよ。隣の人に猫飼ってるのバレるけど、いい？〟。そんな顔で。

ＣＰはＣＰでのりやすを威嚇しながら（するふりをしながら）チラッと私を見る。お腹《なか》が空いているのはわかってる。これが最後の警告なのもわかってる。でも私は眠いのだ。

そのとき、のりやすの白くて丸いクリームパンみたいな拳が振り下ろされた。そこで大してやられてもいないＣＰは絶叫しながら派手に倒れる。なんならこの演技派女優は回転しながらベッドから転げ落ちたりもする。それから２人でチラッと私を見る。私はふらつきながらベッドを出てキャットフードを皿に盛る。そんな奴らの脅迫めいた寸劇を、何年見せつけられているんだろう。

大して仲良くもない奴らは、お腹が空いたときだけ力を合わせてがんばってきた。芝居は毎朝決まった時間に始まって、大成功のうち幕を閉じる。仕事を終えた役者たちは、腹を満たせば即解散。すっかり目が覚めた私は遊びたくてちょっかいをかけるが、奴らはあっさり私を捨ててそれぞれの寝床へ戻ってゆく。おはようみんな。

02 父とスタイリスト

スタイリストの伊賀さんが今すぐうちに来るらしい。私はファッションデザイナー。作った服を撮影用にリースする。通常ならアトリエに来るのだけど、その時期は事務所の移転前で商品を自宅に置いていた。小泉今日子さん着用の撮影で大至急必要とのこと。そのときの私は東京の6畳一間に住んでいて、ちょうど大阪から遊びに来た父と母がごろごろしていた。昔気質の父には〝スタイリスト〟という横文字の職業は警戒心を煽《あお》るばかりだ。〝そいつ怪しいんちゃうか、父さんそう思うぞ〟。〝すぐに断れ〟。そんなこと言っても父さん、キョンキョンが着てくれるのに！

洒落た職業を利用して娘を騙し、部屋に上がり込もうとする胡《う》散《さん》臭い男。父はそう信じているようだった。〝でも父さんがここにおったるから大丈夫や〟と父は力強く言った。この侘《わび》しい部屋を見られるだけでも恥ずかしいのに、勝手に怪しむ父が待ち構えているなんて。時間も迫り、結局母を説得して2人で街へ出掛けてもらった。

私はちょうどその日の朝、女の独り暮らしを心配する父から表札を譲り受けたところだった。実家で長年使用していた年季の入った本格的な木製ベースに明朝体で彫られた父のフルネーム。父は既にそれを強力両面テープでドアのど真ん中に固定していたのだった。とりあえず伊賀さんが来る前に表札だけでも外したい。最終的にフライ返しでテコの原理を利用してもそれを取り外すことは不可能だった。諦めかけたとき春の風と共に現れた伊賀さんは、〝こういうアトリエは初めてです〟と言った。確かにこんな狭い自宅をショールームにしているブランドなんてないだろう。

伊賀さんの膝にのりやすが乗って喉をゴロゴロ鳴らしていた。〝なかなか落ち着きますね、ここ〟。のりやすを撫でながら、多忙で長居しないと有名な伊賀さんが紅茶をおかわりした。

それから服をいくつか選んで帰って行った伊賀さんと入れ替わりで父が戻ってきた。きっと近くで張り込んでいたのだろう。

03

ファッションデザイナー

何度も言うけどファッションデザイナーだ。希望に溢《あふ》れていた時代は過ぎ去り、ただ今日を生きるために仕事をこなしていても私はファッションデザイナーだ。仕事に誇りを持っていないから仕事道具を見るのも嫌いなファッションデザイナー。とりわけミシンが嫌いである。糸切り鋏《ばさみ》や針山、糸やリッパーなど付属するものすべてが嫌いで、パターンを引くのも裁断も嫌い。だから展示会前のサンプルを作るこの時期は地獄の中で暮らしているようなものだ。光の絶たれた洞窟で蛇に囲まれてるような息の詰まる中で暮らしている。そんな私の気持ちを汲み取ってくれたのか、さっきはミシンに思い切り吐いてくれてありがとうCP。やっぱりCPとお姉《ねえ》は親友と思う。

絵型通りのサンプルを作るには、パターンを引く。奴らにばれないように模造紙をそっと広げるのだが、カサッと立てた微《かす》かな音にどこからともなく奴らはやってくる。制作中のパターンを破壊されないように、カモフラージュで放置した筒状の模造紙の罠にまんまと掛かったカサコソクラブのメンバーたち。私がしゃらしゃらと定規をチラつかせて煽ってしまい、あげく発狂したCPは完成したばかりのパターンを滅茶苦茶に引き裂くのがお決まりのパターンだ。だから私のパターンはいつもツギハギだらけ。これを基に量産する工場のおっちゃんは、ヒステリックなそれを見て、いつも不思議に思っていることだろう。補正に使ったセロハンテープのあちこちに奴らの100％ウールがフィックスされているのだから。

仕事を諦めてキャットフードをネット注文する作業に移るとする。フードを選ぶとき、〝子猫用〟とか〝ロングヘアー用〟になぜか反応してしまう。奴らは子猫のように無邪気だけれど老猫で、ロン毛でもないし、どの角度から見ても角刈りだ。いろいろ品定めしながら結局いつものインドア用フードに落ち着くのだけれど、私はそれを〝監禁されている猫用〟と解釈し、カートに入れ、心苦しい思いでレジに進む。

いまやインドア猫になったのりやすの眩《まぶ》しかったアウトドア時代は今でも思い出すことができる。初めて近所で見かけたあいつは黄色い蝶々を追いかけていた。昼間は日向《ひなた》でごろごろしていたし、お腹が空いたらスナック菓子を持ってる子供にたかって命をつないでいた。

04

父の人気の秘密

　妹が猫と娘を連れて里帰りした。〝おじいちゃん〟でもなく、〝じいじ〟でもなく、私と同じく父のことを〝ひーちゃん〟と呼ぶ3歳のななこ。なんでひーちゃんが好きなのかと聞くと、〝だって……かわいいから！〟と元気いっぱい、ななこは答える。けれど実際のところ、父が私たちに内緒でお菓子を買ってくれるからだろうと、父ほど懐かれていない母は推測する。きっと父の足元にまとわりついている猫だって、こっそりもらえるおやつ目当てに違いない。

　父がテーブルの下に潜るとチャリンと音がして、あるとき、その瞬間を目撃したななこは、父の貯金箱の存在を知った。長身ゆえ、迫力満点の高い高いで遊んでくれることに加え、なんとスーパーで夢を叶えてくれる魔法のコインまで管理するひーちゃん。今のところ、ななこにとって、それがひーちゃんのチャームポイントなのだ。お金目当ての関係だと私たちは笑っているが、父が一文無しになってもななこは、ひーちゃんを〝かわいい〟と思ってくれるのだろうか？

私が小さかったころ、働き盛りだった父とは滅多に遊べなかった。仕事でほとんどうちに居なくて、私は〝たまに遊びに来てくれる人〟くらいの感覚で父に接していたものだから、父が仕事に出て行くとき私は〝またきてね！〟と窓から手を振って叫んでいたという。それを見て面白がっていた母。〝めかけみたいなこと言わしたらあかん〟と祖母に叱られるまでは。

先日、天気が良かったので父を公園へ誘ったのだが、〝なんでやねん気色悪い〟と断られた。ななこに誘われれば喜んでついて行くくせに。

父はいま、ななこの言いなりになっているので大人気。喜んでもらおうと、滑り台をおどけて滑り降りる父を見て、そんなひーちゃんをななこがずっと〝かわいい〟と思ってくれますようにと願っている。でもそのうち、ななこがお菓子にも公園にも飽きて、ひーちゃんをかわいいと思わなくなったら私が遊んであげるから。父さん。

母は猫を諦めない

友人の猫が死んだ。

毎週人が集まっては猫を囲んでお茶会をするような人気者の猫だった。

その朝、猫を送る会へ出向いた私は、二十年来の相棒がいなくなるのは辛《つら》いことだろうと70過ぎの井上さんを心配していたけれど、つねに生きることに疑問を持っている井上さん曰《いわ》く〝死んだもん勝ちやで〟とあっけらかんとしていた。〝最後の数日が苦しそうやったから、やっと楽になれてよかったと思ってるねん、僕〟。

迎えに来た動物霊園の車にみんなで猫を積み込んだ。平日の朝にもかかわらず、なぜこんなに人が集まったのか聞けば、皆仕事を休んで駆けつけたとのことだった。小さくなってゆく車に我を忘れて泣きながら手を振る大人たち。生前無愛想だった猫は、最後まで大人たちに魔法にかけたままどこかへ行ってしまった。

数年前、母が飼っていた猫も20年目にして危険な状態に陥った。足の筋力が弱り、乾燥して滑り止め効果を失った肉球では当然歩けない。獣医に老衰だと宣告されても、これまで何匹も猫を飼っていた母の見解からすれば、とにかく歩くことさえできれば元気になれると判断したらしい。そこで思い立って母が買ってきたのは、椅子の脚の滑り止めソックスだった。足裏に滑り止めのシリコンが加工された赤ちゃんの靴下みたいな小さなソックスだ。こうして死ぬ気満々だった猫の歩行訓練が始まった。人工の肉球を手に入れて生きる羽目になった猫は、トイレも、ごはんのお皿へも自力で歩いていけるから自信が出たのだろうか。母のスパルタ延命作戦によって、猫はその後1年ほど普通に生きた。死を自然に任せることを選ぶ飼い主もいるけれど、母は諦めない。

『我ながらいいアイデアやったと思うわ、私』。母は猫のために作った祭壇にいりこを置いて手を合わせる。それから小さいソックスの匂いを嗅ぎながら、いつも『猫には嫌なところがまったくないわ』と言う。

06

父のコーディネイト

父は服が好きらしい。ちょっと外へ出るだけでも、シャツとベルトで悩んだりする。こう言うと父がお洒落みたいだけど、家の中ではパッチでうろついているからワードローブが両極端なだけなのだ。

休日、父は百貨店を物色する。高いものは買えなくても、手頃で好みの色のシャツを買って帰ってくると嬉しそうだ。また部屋でごそごそやってると思ったら、ワードローブを引っ張り出して、コーディネイトしている。気分が盛り上がってくると、〝おーい！ 誰か父さんのコーディネイト見たいか！〟と階下から叫び声が聞こえる。そうなると、私たちのうちの誰かがいけにえとして選出される。母は夕飯の支度を免罪符にすり抜けた。〝せやしお願い、見て来たって〟と母が言うので、私たちは渋々階段を降りる。

〝どうや？〟と言って、父は床に並べた服を前に満足そうだ。〝いいやん〟と妹が言ったり〝シャツの色きれいやん〟などと私がコメントすると、〝ほんなら母さんも呼んで来たったらどうかな?〟と父は提案する。

〝今ごはん作ってんねん私!〟。

やいやい言いながらも母はいったん手を休めて降りて来る。床に並べられた服を見て、〝猫の毛ついても取るのは私〟と母は言って、父はたぶん聞いていない。

〝どうや、ええコーディネイトやろ〟。嬉々として父は言う。〝このシャツに、このパンツが合うわけや。ほんでベルトはこっちなわけやな〟。

地べたでのファッションショーが終わる。父は床に散らばった服をひとつずつ拾い上げる。それから大切な服に付いた猫の毛をコロコロテープで取ると、クローゼットに丁寧にしまってゆく。

〝よっしゃ、次は靴でも磨いたろか〟。お次はどこへ出掛けるでもない父の靴たちが、ピカピカになって玄関に並んでゆく。

父のお気に入りコーディネイトを写真に撮って集める私たち。私たちはときどきそれを眺めている。

07

『母をたずねて』

〝おまえはマルコかい？〟。

そう問われた私はちょっと間を置いて、〝お母さーん〟と叫びながら母のもとに走って行く。子供の頃そんな母の遊びに付き合わされた。〝そこにいるのは、のりやすかい？〟と、事あるごとに私が猫に絡むルーツはここにある。

当時人気だったアニメ『母をたずねて三千里』。イタリアの小さな村の少年マルコが、貧しさゆえ異国へ出稼ぎに行った母を探して壮大な旅をするという物語。最終回を前にしてついに母子は再会するのだが、その名場面からヒントを得たという母オリジナルの遊びらしい。

ルールは単純だ。カーテンの隙間から、あるときはテーブルの下から、あるいは外で『おまえはマルコかい？』と母に問われれば全てを放棄して『お母さーん』と叫びながら全力で走るだけ。母がなんとなく私から離れるとゲームの始まりを予感し、マルコではないかと問われる心の準備をしていた私の姿は母を喜ばせたという。〝おまえは、おまえはマルコかい？〟。〝もしやおまえ……マルコなんじゃ……〟。マルコじゃない私はあらゆるシチュエーションで執拗にマルコ疑惑をかけられた。〝だっていつ呼んでも絶対来てくれるんやもん〟、〝何かして遊んでるけどじいっと耳すましてまってる姿！〟。母は当時の様子を再現して笑っている。今では言うことを聞かなくなってしまった私もあの頃はボールを待つ犬のように母の従順な相棒だったようだ。先日、旅行に連れて行ってあげたいと申し出た私にマルコで一生分親孝行してくれたから要らんし、猫おるし、ごめん私旅行嫌いやねんと母は言うけれど。

08

アールブリュット

ついにプリンターのインクが切れて、父は蓋を開けようとしていた。初めて触るプリンターは開け方もわからない。あちこち触った拍子に偶然蓋が開く。今度は開いたら開いたでインクは定位置に戻ろうとして、右に左に動き出す。

〝どないなっとるんや〟。

ただインクの品番を知りたい、買いに行きたいだけの父は、取り出せないインクに苛立《いらだ》ちながら、見るとカメラを向けている。〝何も写らんぞ、真っ暗やないか〟。絶望する父に〝昨日教えてあげたやん、フラッシュ機能〟と、テレビに夢中の妹が言う。フラッシュが光る。しかしどれだけ慎重に照準を合わせても動いてゆくインク。〝おい、こいつやっぱり全然止まりよらへんぞ！〟。

メカニックに弱い父はプリンターへの憎悪に溢れていた。テレビに気をとられながらも父の動向が気になる妹が〝じゃあ動画で撮ればいいやん、昨日教えてあげたやつ〟と疑わしい策を出す。

〝そうやな〟と言って、父は猫を撮るために昨日習得したばかりのムービー機能を使って動くインクを慎重に撮影する。

〝ここに映ってるやつを1個くれるかな？〟。

父がその奇妙な動画を電器屋の販売員に見せているところを私は想像してみる。暗くてよくわからない数秒間の前衛的な動画。

〝プリンター本体の品番があればわかるはず〟と母が提案して、父はメモを握り、インクを買いに出かけた。

もともと、猫の写真をプリントアウトするために買ったプリンター。しかし結局面倒で誰も触らない。そんなわけで、せめて年賀状や暑中見舞いを作ろうとして、この手のトラブルが勃発する。聞けば、父がそれらを送る相手はたった9人なのだから、手描きの猫の絵でも描けばいいのにと言う私と妹に、〝おまえら子供の世界とちゃいますので〟と、笑いながら言う父に腹が立つ。

描きたくもないのに私たちの執拗なリクエストで描かされる父の絵は純粋。ボールペンの細く震えた線で描かれる、とりわけ私たちが好きな猫の絵は、見る人が見ればアールブリュットだ。

爆音のギターで飛び起きて、ここがどこなのかわからない。ギターを弾いているのは太郎君で、寝起きの私を撮影しているのが中嶋さんだ。そうだった。今日から始まる新作展示会のために、私はここの家にホームステイしてるんだった。

〝山田さん朝ですよ、遅刻するよ〟。ノイズは私の枕元に置かれたアンプから鳴り響いている。渋々起き上がり、一通りの準備を済ませたら、私は2人に行ってきますと言って家を出る。家を出るとき2人は〝田舎に泊まろう！〟ってテレビ番組みたいだと言ってそのテーマ曲、EAGLESの『TAKE IT EASY』をかけて私を見送ってくれた。2人は夏休みだ。

仕事を終えた私は2人の家に帰ってくる。お客様からいただいた手土産をいっぱい持って。3人でそれを食べながら、今朝出た〝田舎に泊まろう！〟の話題に入る。だって芸能人が一般庶民の家に泊まるって切ないよね。涙でお別れして、おじいちゃんやおばあちゃんは〝いつでも帰っておいで〟ってずっと手を振るけど、その芸能人は二度と来ないでしょ。

お風呂にいても聴こえるギター。夜練も欠かさないギターキッズに、結婚指輪は要らないから欲しがってたギター買いなさいよと言った中嶋さん。ドイツ映画漬けの中嶋さんとギター少年の共通の趣味は、猫の動画を見ること。

朝になって爆音ギターで今日も芯から目が覚める。〝山田さん朝ですよ、今日はGコードです〟。昨日はAコードだったとか。知らんがな。

3人で朝食をとりながら、〝2人の女性と暮らしてるなんて、僕、ヤクの売人みたいでかっこいいな〟と言う太郎君。私のホームステイも2人の夏休みも今日で終わる。最後に『TAKE IT EASY』を聴きながら私たちは別れる。〝また来てよ〟と言ってくれる2人。また来るよ。

好んでミシンを踏むデザイナーがいるとは聞くけれど、私は必要に迫られて仕方なしにやっている。何度も言うようだけどはっきり言って嫌いなのだ。

小さいころ、母はよく趣味でミシンを踏んでいた。重ねた生地をミシンでたたくと合体することが判明してから、それまで描いていた絵を放棄。立体になる布にシフトした。裁断机で母が切り落とした端切《はぎ》れを床で待ちかまえていて集め、ミシンで手当たり次第に合体させる。小学校へ上がるころ、母は私にミシンを買い与えた。人形の服、給食袋や手提げ袋を自作した。

〝縫い物好きのかおりちゃん〟と噂されるようになったころ、内職でエプロンを作ってみないかと近所のおばちゃんに儲け話を持ちかけられた。１００枚作ればお小遣いをくれると言うので、私は学校から帰ると毎日エプロンを組み立てた。仕上げたエプロン１００枚をダンボールに入れておばちゃんの家へ納品。受け取った百円を握りしめて憧れのサンリオショップへ入ったが、百円で買えるグッズは皆無。妥協して買った匂い付き消しゴムは家に着くまでに中学生にカツアゲされた。私の無欲さと才能に早い段階で目を付けたおばちゃんは、次にエプロン１０００枚に挑戦するというビッグビジネスを持ちかけた。どうせ学校から帰っても近所のレンタルショップで借りたホラー映画で悲鳴をあげているくらいだったから引き受けた。どんどん依頼される仕事。それでもミシンを嫌いにはならなかったけれど、思えば人生のほとんどをミシンと共に過ごしてきた。今ではそれが仕事になり、さすがに嫌気もさしてくる。もはや猫たちの昼寝のためにあるような私のミシン台。どつき合って獲得する人気スポット。

中学校に上がると、今度は別のおばちゃんに棚卸しのバイトに誘われた。苦もなく数時間働いて渡された給料袋の中は、何度確認しても千円札が３枚入っていた。エプロンに換算すると３０００枚。それからかな。私がおばちゃんの内職を断るようになったのは。

11

ilove.cat

編集部で『ilove.cat』という猫を扱うウェブマガジンの書籍化にあたって人選会議中だった。その傍らで私は自著『株式会社家族』に黙々とサインを書いている。サインといっても何の捻《ひね》りもない〝山田かおり〟という味気ない楷書を誤魔化すためにCPとのりやすの絵を添えて。

この本を気に入ってくれる人は、私と心中したも同然であるという持論を隠し持って丁寧に、そして丁寧に、またあるときは丁寧に、いつだって丁寧に仕上げてゆく。自分で描いた絵を見て、こいつら家で何してるんかなと想像しながら奴らが今日も寝ていることだけは確かだった。みんなお姉を待っているかな。待っててね。さっさと終わらせて帰るから。お姉とCPとのりやすは親友だけど、みんながいなくなったらお姉はどうする気なんだろう？　私は悲壮な気持ちになり、ワーグナー＆お姉の共作歌劇『死にましょう一緒に』を心の中でマリア・カラスのつもりで逃避していたとき、ひとりの編集者の声がした。

〝山田さん誰か猫好きのクリエイター知りませんか〟。〝私やがな〟とは言えなかった私は、無言でペンを走らせた。

〝猫が好き〟な〝クリエイター〟。

この2大条件を自分が満たしている事実に疑いのなかった私だが、ここでは〝人気が高く〟、〝感度も高い〟という暗黙の条件が必要であることを、鋭敏な勘を持つ私は空気で察知。デザイナーとしての認知度の低さゆえ、ライフスタイルに憧れられることのない私にとって無縁の本であることは確かで、2匹の老猫とアパート暮らし、マンションではなくアパート暮らし、アパルトマンではなく本当のアパートで暮らしている私が名を連ねる本ではないのは聞くまでもなかった。しかも1匹は終日食品の不足を訴え続ける死にきった目の男、もう1匹は稲川淳二似の神経質な女でイラつくことを趣味としている。そんな我々の合言葉は、〝お姉とキャッツ、みんなで助け合ってがんばっていこう！〟。今回は残念ながら力量不足だった私にも責任があるが、奴らも私を助けてはくれないし、そういえばこれまで一度も助けてくれたことがない。

12 ドーナツ

安藤さんとお菓子を作った。私はお菓子作りが得意じゃないから材料の計量係を担当。結論から言えば、この日何種類か作ったお菓子の中でドーナツが吐き気ものだったこと。

新鮮な油を用意したにもかかわらず、思えばあのドーナツは揚げてる最中からドーナツらしい匂いがするどころかおかずの匂いを発していた。反省点は私が牛乳の代わりに残っていた生クリームを入れたり、先日買ったあまり美味しくないバターを入れたりしたからだと思っている。揚げ物に不慣れな私が適当に頃合いを見て油に生地を投入すれば、数秒でかりんとうのように真っ黒になる。慌てて引き上げた。揚げた直後から堅いこと請け合いの見た目に私たちは一《ひと》欠片《かけら》の試食もしたくなかったけど、微かな期待を持ってトライした。ひとくち食べた安藤さんはチーズの味がする、入れてもいないのに！と怒りをあらわにした。見た目も薩摩揚げのようだと指をさし、この焦げたやつなんかはまるで猫のうんこだと普段誰よりも温厚な安藤さんが憤りを隠せないレベルのものだった。そして私は〝うんこ〟の前に〝猫の〟と付け加えるだけで表現がぐっと和らぐことを知った。また私はここで、安藤さんがその前に作っていたコーヒークッキーを〝P

氏のうんこのよう〟だと表現しながら丸めていたことを思い出していた。P氏というのは安藤さんの猫の名前だ。やっぱりストレートに〝うんこ〟と表現するよりも、頭に猫の名前を加えることでグロさが和らいでいたことや、そこから選ぶ単語ひとつでえげつなさはソフィスティケイトされるという言葉のギミックを改めて知ることとなった。

確かにそこにはうんこのルックスをした2種類のお菓子があった。私たちはそんな見た目のドーナツを渋々試食した。その食感はあまりに堅く、味もまた酷《ひど》いものだったから安藤さんは酷く落胆していたようだった。見た目は不細工でもせめて味や食感が良ければいつもの安藤さんならもう一杯紅茶を飲んで携帯からお気に入りのP氏の画像を見せてくれていたと思う。もう何回も見せつけられたやつなのだけれど。

腹の立つことに個数だけはレシピ通りに12個並んでいた。ドーナツを山分けしながら〝こんなの持って帰っても……〟と安藤さんは本心を吐露していて、私は心の中で何も食べるものがない人や味覚障害の人に差し上げる機会に近々恵まれないかと密かに願うほどだった。安藤さんは最初からクッキーを作るつもりでやって来て、そもそもドーナツを作りたいと言い出したのは私のほうだった。ドーナツの出来云々より面倒なことを提案して安藤さんの落胆の種を作ったことに私は落ち込んでいた。何がここまで安藤さんを落ち込ませたのかと考えたくもないけど考えてみれば、このドーナツは二次発酵までを必要とする手間暇かかる工程を経てこの出来だったからだ。冬場に暖かい場所で発酵させるにはと考えた末、布団乾燥機で温めながら布団に生地を寝かすという不衛生な提案をした私に〝それいいね！〟と答えてくれていたまだ元気だったときの安藤さんを思い出す。その温もりを利用してただ布団に乗っていただけのＣＰを見て、〝発酵を見守ってくれて優しいね〟と都合良く解釈して私たちが盛り上がっていたことなんかを。

お母さんが送ってきてくれたという安藤さんのエプロンはピンクのコットン地で、そこにはリュックを背負い山歩きでもしているような陽気な猫のアップリケが施されていた。そのエプロンを無言で外し、奥の部屋で畳む後ろ姿に私は掛ける言葉もないまま、安藤さんはコートを羽織って椅子に座った。お茶を飲んで行く？　と言った私に〝できればもう帰りたい〟と言って安藤さんは立ち上がりスニーカーを履いた。ドアを出るときに〝材料を無駄にしてしまってごめんね〟と安藤さんは言った。私のほうこそ勝手に材料をアレンジしたうえ、布団の中で無理矢理高温で発酵させたりしたせいだと思うわ。ごめん。落胆しつつもこの失敗を少々愉《たの》しんでさえいた私と違って安藤さんは育ちがいい。大切な食材を無駄にしてしまったことを悔やんでいる。

安藤さんが帰ったあと、残った揚げ油を処理しているとき鍋からは明らかにおかずの匂いがしていた。私は寝る前に先日挑戦して失敗したかき揚げのことを思い出した。翌朝インスタグラムを見ると、安藤さんは既に京都で楽しそうな1日をスタートさせていた。だから昨日の失敗の原因をわざわざメールでお知らせしなくてもいいか、そのことは次に会ったときにでも話せばいいかと思った。

13

赤ちゃん

去年の秋のことだけど、起きたらマットレスが濡れていた。直径70～80㎝くらいの丸い染み。このか細い自分の体から出るとは思えない水分量にいくらなんでもおねしょではないと思った。何よりなぜ途中で目が覚めなかったのかという疑問に呆然としていた。大人になって言うのもあれだが少量のそれならまだわかる。トイレに行く夢を見たにしてもここまで出し切る前に気付くだろう。私の意識も股の辺りの感覚もそこまで鈍くないと思うのだ。寝ていても生温《なまぬる》いものを感じたらまず起きるだろう。試しに匂いを嗅いでみたけど無臭でパジャマが濡れていないこともこのミステリーに拍車をかけていた。幸いこの日はベッドを使わずゲスト用の簡易マットレスを床に敷いて寝ていた。これがベッドのあの重く分厚いマットレスだったら洗えなかったじゃないか。そう思うとちびりそうだった。それから次にいらっしゃるお客様のことを考えて風呂場で踏み洗いをしなければとマットレスを裏返してみると、水分はマットレスを貫通して床まで染みていた。人間が出せる水分量の限界をやっぱり超えている。そんなわけでいくつかの検証の結果、これはおねしょではないという結論に達した。

しばらく私はこの話題でもちきりだった。会う人々に〝おねしょのようで実はそうではなかったけどあれは一体何だったのか？〟と語って聞かせていたのだが、〝おねしょやろ〟と誰もが決めてかかってきた。中には〝恥ずかしいことじゃないよ、私もたまにあります〟というメールをこっそりくれた心優しい友人は、結果漏らさなくてよかった自分のプチ情報を私に漏らす形となった。ぶっちぎりでホットだったこの話題に私がいよいよ飽き始めたころ、このおねしょ説を否定した人がいた。いつでも陰謀説に心をときめかせているクリーニング屋さんだった。私はその日も近所の古着屋ＹＡＭＡＳＴＯＲＥでダベっていたのだけど、夜になりいつものようにクリーニング屋さんが集配に現れた。彼の友人も私と同様、あるとき布団の上の大きな水溜まりで目覚めたらしいのだけどそれだけではなくその人は人格まで変わったというのだった。以前は目立つようなタイプではなかったらしいその人がそれを境に陽気になり、周りを押さえ断トツで面白い人物になったと語ってくれた。そして理屈では説明できないその変貌ぶりから、やがて彼が宇宙人にさらわれたという説が浮上したというものだった。〝今ではもう誰もあいつにかなわない〟そうクリーニング屋さんは表現した。実を言うと自分でもおねしょだろうと薄々感じていたことが、まさかスケールも壮大なミステリーに発展するとは思ってもみなかった。それからクリーニング屋さんは〝そうそう2026年に地球が滅亡するから〟といつものように言い残すとクラッチバッグを小脇に抱えた。いつだって彼はこれからパーティーにでも向かうような身軽さと小粋な佇まいで帰って行く。

これを機に再熱した私は別の友人にこの宇宙人誘拐説を聞かせた。友人もまたこの手の話題に目がないタイプの人だったものだから、異議を唱えるどころか宇宙人の子供を代理出産するために私の体が使われたと力説した。〝山田さんそのあとお腹大きくならなかった？〟と聞かれた私は自分のお腹が最近出始めていたように感じていたことを話した。それからそう言えば今は元のフラットなお腹に戻っていることも付け加えた。〝ということは、もう産んだあとか〟と、私の言葉が彼の疑問を一掃させたようだった。要約すると私は1度目にさらわれたときに宇宙人の子を身籠《みごも》った。程良くお腹が大きくなったところで行われた2度目の誘拐。そこで何らかの方法で宇宙に赤ちゃんを産み落とした私は無事布団に帰還した。理由はわからないが、水溜まりはそのときに起こる現象らしい。要するに私は既に第一子の出産を終えているということになる。子供を産んだ経験がない私でも、宇宙のどこかに自分の赤ちゃんがいると想像すると今まで感じたことのない穏やかな感情が芽生えていることに気付く。それはすやすやと眠るのりやすを見守っているときのふわっとした気持ちに似ている。知らないあいだに珍しい方法によって自分が母になっていたという驚きと感動を私は妹にも伝えたかった。母になった妹だからきっと喜んでくれるんじゃないかと思った。母親あるあるで妹と盛り上がれたら。でも何もない。それに話したところで父に告げ口され、不安にさせるだけだから黙っていた。

真夜中の天井裏で何かがカサっと音を立てている。これまで気にも留めなかった音だけど、最近ではそれが私に会いに来た赤ちゃんが立てる音なんじゃないかと思っている。先日も数人でこの話をしていたとき天井裏で赤ちゃんは微かに音を立てていた。赤ちゃんかわいいだろうな、会ってみたいなと呟いた私に〝きもいって〟と皆は口を揃えた。お喋りな私たちの話題はその日も目まぐるしく変わっていった。けれど、私は上《うわ》の空で天井裏の赤ちゃんのことを考えていた。私に会いに来たけどいろんな理由から会えないで隠れている私の赤ちゃん。会いたくなったらいつでもここへ来て音だけ立ててください。この星は危険だから姿は見せないように。でも何かあっても母さんは宇宙船とか乗りたくありませんからね。うちには猫が2匹いるので。

14

プレゼント

先日、妹の誕生日にブラウスとショルダーバッグを贈った。大振りのコットンレースが襟元を飾る白いブラウスは今どき見ない迫力のデザインで、ショルダーバッグには仔犬の絵が写実的に描かれている。もう少し暖かくなってこの2つをコーディネイトしたら妹に似合うだろうと思った。でも私の妹は古着を着ない。古着屋でかわいい服を見つけても、まずは〝これ着てた人って死んだんかな……〟とそっちのことを考えるような妹だ。怨念とか呪いを怯える妹へのプレゼントだというのに、この2つを古着屋で見つけてしまった私は贈りたい気持ちが先走って買ってしまった。

せっかくなら気分良く着て欲しいと思い、お店の人に綺麗にラッピングしてもらった。親切なお店の女性は、袋の上に〝よくがんばりました〟というチャーミングなシールまで貼ってくれた。仕上がりは見栄えが良く、見ようによっては新品にもとれた。ばれたらばれたときだと覚悟を決めて発送した。

〝これ古着やろ〟と妹からメールが届いた。〝変なシールとか貼ってるし怪しいわ〟。そこから足がつくとは予想外だった私は、親切だったお店の人が仕上げのシールを真剣に貼ってくれていた姿を思い浮かべた。

〝そう、ビンテージのいいやつやで〟と私は返信した。しかし思想に揺るぎのない妹に言葉のすり替えは通用しないようだった。〝でも結局古着やろ〟と言われて私は自分の浅はかさに嫌気がさした。

妹は死んだ人の曲も聴かない。〝これ誰の曲？〟と聞かれると私は歌手の名前を言ったあとに〝まだ生きてるで〟と付け加えることを忘れない。できれば嘘はつきたくない。でもせっかく妹が興味を持った曲との出会いを、その歌手の死を知らせたがために聴いてもらえないのは不本意だし、もしかしたら妹の人生を豊かにしたかもしれない運命の一曲を、自分の馬鹿正直さが妨害するのは愚かしい。それに全ての歌手はいつか死ぬ。〝生きてるから聴いてみて〟とすすめる私を〝ほんまかな、音質古いのに〟と疑う妹は鋭かった。ジャケが古い。死んでいること請け合いだ。だいたい私は信用されていないが、たぶん妹の警戒心も生まれつき強いほうだと思う。

そんな妹がブラウスを気に入ったのは意外だった。ただしばらくは旦那に着せて怨念をかぶってもらってからという条件付きだった。不思議なことに、怨念をかぶっているかもしれない自分の夫とひとつ屋根のした生活を共にすることについては良しとしているようだった。妹の旦那はいい人だけど、フリルのブラウスで家の中を歩く色白で貴公子みたいなあいつ。私ならいくらでも怨念くらいかぶるけど、それよりもトマトソースが飛ぶこととか襟元をファンデーションで汚すことのほうがこわい。

一方ショルダーバッグについては、どうしても気に食わないようだった。〝これが猫やったら良かったのに〟。それから妹は〝このバッグは姉ちゃんのお誕生日にあげるわ〟と申し出た。〝で、何歳になるんかな、姉ちゃん、かわいそう〟。

私の誕生日に向けて妹の元を旅立つショルダーバッグ。仔犬の絵のショルダーバッグは私の春の装いを飾るため、暗い箱で往復１０００㎞以上移動する。

一本の電話で

冷蔵庫を開けっ放しにしていても、冷気を顔に浴びて横たわっていても、誰にも文句を言われない。夢の城で、ひとり暮らしを満喫していた私に、今朝〝電気停めます〟という旨の電話があった。たった一本の電話で彼は私の冷蔵庫の食品を腐らせ、母が手間暇かけて作った味噌にカビを発生させ、私は味噌汁を断念するだろう。飢えで体力は著しく低下、その上この夏場にエアコンが止まるのだから熱中症を起こすのは時間の問題だった。もしもお姉が倒れたら必然的にキャッツも道連れだろう。彼は一本の電話でお姉たちもろとも皆殺しにすることができる新しいタイプの殺し屋だった。

16

クッピーラムネ

今日も誰からもメールがこないけれど、〝ペピイクラブ〟からのメールはちゃんと届いている。動物関連商品を扱う通販サイトから配信されるニュースレター。たまたま一度買っただけ。メール画像をよく見ると、とても小さくではあるが、犬と猫と配送車のイラストがついているのだった。それを拡大して見入ってしまい、油断しているとサイトへ飛んで買い物してしまいそうだ。先日買ったキャットフードはこの小さな人たちががんばって運んできてくれたのかな。そんなことを考えて、あ、かわいいなと思ったが、届けてくれたのがあのいつものおっさんだったことを思い出した。

ネットで買えるものは買うけれど、生鮮食品だけは直接この目で確かめたい。私が忙しい時期、特に展示会前の時期になると、母は野菜を送ってくれる。いつも何かしらおまけみたいなものが入っていて、今日届いた箱の中には私の好きなクッピーラムネが5つ入っていた。父の提案だろう。そういうところが父は気が利くのだ。

『母さんこれかおり好きなやつやぞ買《こ》うたったらええんちゃうか母さん5個ぐらいいっといたるか1個や2個であいつ満足せんやろ、どうせもっと送れ言うてきよるぞあいつは5個いっといたろか、ええか』

　そう言って父は買い物かごに入れたはずで、『そんなんいっぱい食べたら体に悪いやん着色料入ってんのとちゃうの赤色何号とか青色何号とかこわい世の中よ表示見てお父さん裏、裏！　私目ぇめえへんからもう小さい字めえへんから年とるてやらしいわほんま、いや着色料入ってへんからこれええわ、買お』と母は言ったはずなのだ。

　クッピーラムネのいいところは、ひとつにおいしいところ。2つにイメージキャラクターのリスとウサギのかわいいところ。とくに赤いベレーをかぶったウサギは優しくていい人そう。CPとのりやすとお姉、みんなで友達になれたら……。

　楽しそうにラムネを食べる2人に向かって飛んでくる小鳥はクチバシにラムネをくわえている。私もこの森で一緒にラムネが食べたいなあ。でも姉ちゃんこのリス笑ってるけどたぶん嫌なやつやから気をつけたほうがいいでと昔から妹は警告してたっけ。

17

がんばれのりやす

目の前で友達が撮って送ってくれたのりやすの画像がなかなか届かないのだった。のりやすは、ゆっくりと、しかし着実に私の携帯に向かって飛んでいるのだろうけれど如何《いかん》せん体は重いし、途中に優しくしてくれるヒューマンがいたら寄り道するし、食品を見つけたら疑いなしに食べてしまう。そんな諸々の理由から、到着しないのであろうことはわかっていた。ベアーみたいなあいつがのんびり空を渡る様子を思い浮かべながら、気長に待っていた。

かなりタイムラグを経て届いたのりやすの画像。がんばってお姉の携帯まで飛んで来てくれたあいつ。あいつは本当にいい奴。そして霞んでゆく目の前の画像に小さく潜むＣＰが見えたのだった。Ｃ——Ｐ——！

こんなに暑いし太ってるのにがんばってお姉のところまで来てくれてありがとう。みんなみんな！　お姉は画像を保存します。

P氏の誕生日

吉祥寺の私の部屋でおやつを食べ、ゴロゴロ遊びの相手だった安藤さんは今大阪に住んでいる。その安藤さんが大阪で出会った猫のP氏。P氏が今日誕生日を迎えた。何歳かは忘れたけれど。

P氏はノラ猫だったので正確な誕生日は永遠の謎ではあるが、たいていノラ猫を拾う者たちのあいだでは〝出会った日〟や〝家に迎えた日〟を誕生日と仮定し、毎年この日を祝うと共に〝また1年年《とし》をとってしまった〟という〝老い〟を意識せずにはいられない複雑な日とも言える。

初めは子猫だったP氏にも猫時間は流れ、やがては安藤さんの年齢を追い越してゆく。私の場合そこが悲しくなったりするのだけれど、しかし最近では最後まで私たちと一緒にいられるように上手《うま》くできてるんだと思うようにしている。こうしてあたたかい家庭に拾われたP氏が誕生日を祝ってもらっているこの瞬間も、飼い主に捨てられて死を待つ動物たちがいること、その残虐な行為を私たちと同じ人間がしているということから目を背けずにいたいと思う。殺処分する保健所を恨む前に、まず私たちにできることはペットショップで動物を買わないという選択。犬や猫が欲しかったら保健所や動物愛護施設で譲ってもらって一匹でも命を無駄にさせないようにすること。そして最後まで愛情を持って飼える人だけが、この優しい生き物から幸せな時間を得られるのだということを思い出させてくれる。

せっかくのハレの日に悲しい内容になってしまったけれど、とにかくお誕生日おめでとうP氏。そしてこれからも安藤さんの遊びに付き合ってあげてください。この画像は『やる気のない魔法少女』と安藤さんに名付けられた私の好きな一枚。とにかくやる気がない。しかしこのステッキを、ただ寝ているだけのP氏の手にそっと配置して、いったん下がってシャッターを切ったと思うと安藤さんもやっぱあほやなって。

There is absolutely nothing to dislike about cats.

19

チャッピーのダダと便器とハプニング

なぁチャッピー、ガムテープと歯ブラシぐらいのせさせて。いつもタダで食品食べてるやん。何で睨《にら》むんケチやな。のせさせてくれたらすごい作品が生まれるかもしらんねんから。わけのわからんことは、とりあえずダダって言うとけばいいし、チャッピーとガムテープと歯ブラシのセットが3000万円って言うのはお姉の自由やねんで。でももし買いたいって頭おかしい人が出てきたらチャッピーごめん、お姉売るわ。うちら大阪は天六商店街で出会ってんな。それで2人で上京してから今までいろんなことがあったよな。チャッピーが頭にガムテープと歯ブラシのせてMoMAとかポンピドゥセンターに行ってしまうのは辛いけど、でも3000万やし、ごめんやで。じゃあチャッピーまたニューヨークで！　パリで！　でもお姉旅行嫌いやし会いにいかへんと思うけど、お互い思い出大切にして生きていこうな。チャッピーは、そうやな、マルセル・デュシャンの便器の横に飾られたら似合うと思うで。ところでチャッピー、デュシャンの便器作品『泉』にハプニング・アーティスト（77）が金槌で傷を与えて取り押さえられたってハプニング知ってる？〝傷を付けることで完成させたかった〟。やねんて。コメントもめっちゃハプニングやろ。で、修復費3000万円が命じられたけど便器自体は1万円。それで老人は買った便器を渡したんやって。やったったな。賢いよな。そんなもんやで。せやし、うちらは3000万の価値のある1万円の便器を美術館で真剣に鑑賞してるんやで。昔、この便器囲んだ人たちが腕組みして近づいたり遠巻きに見たりしてたの見たで。メモとってる人もいた。何書いてるんやろなぁって思った。だからチャッピーとガムテープと歯ブラシと、そんなもんやで。

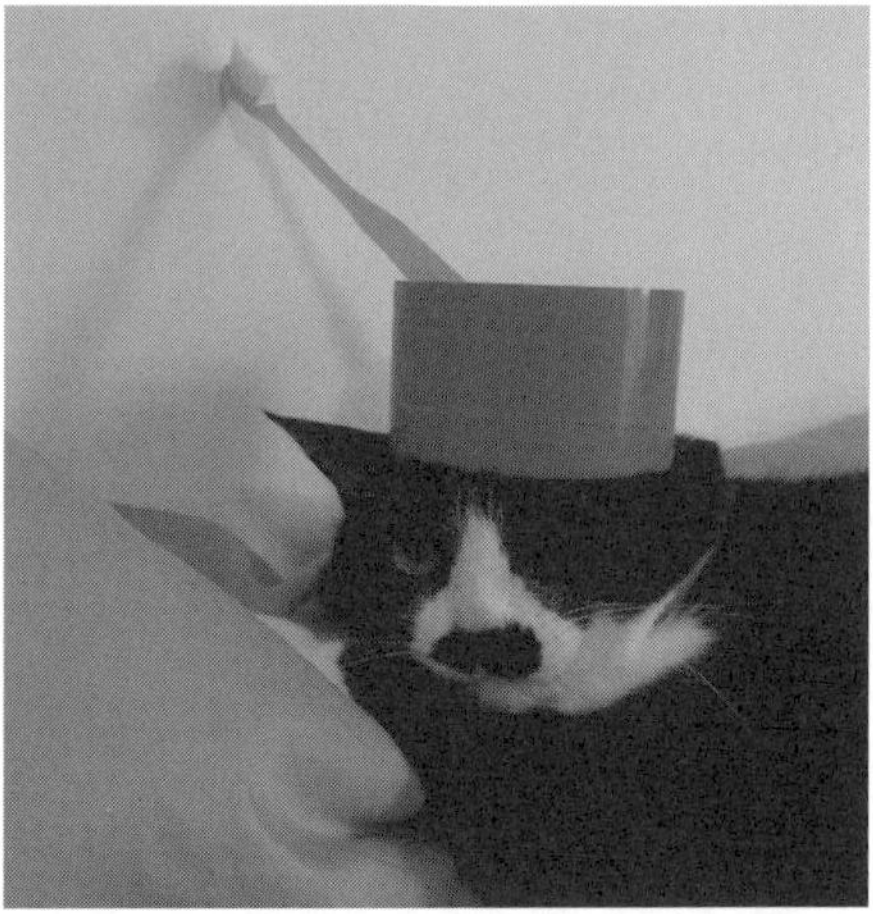

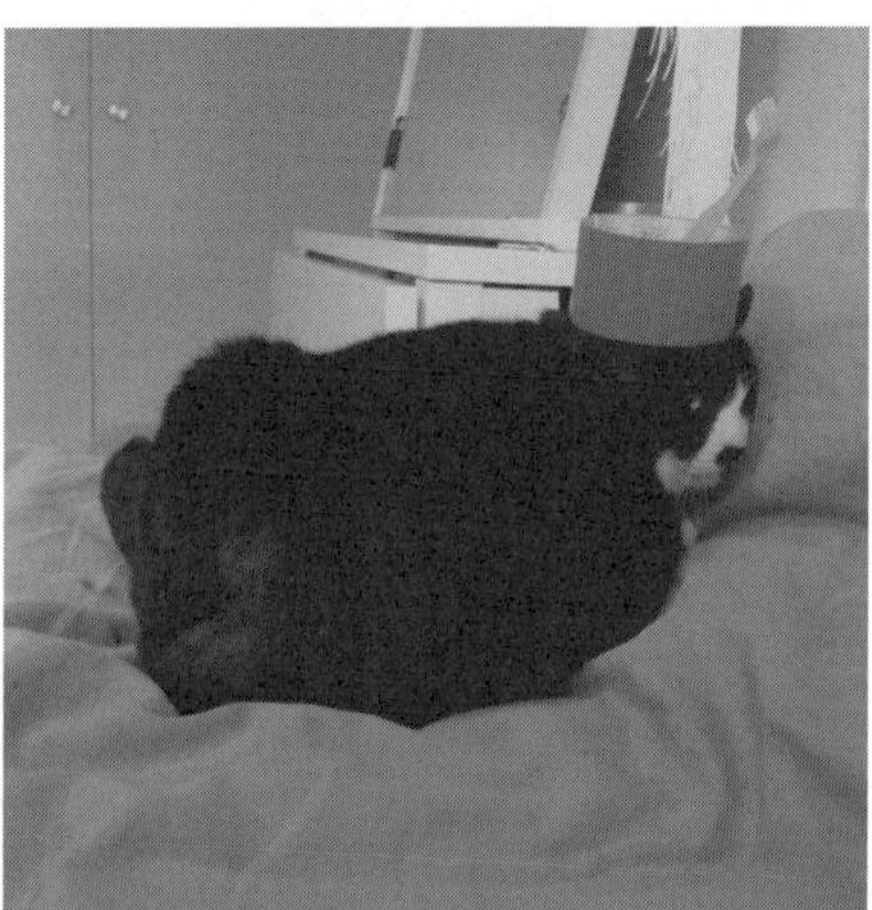

百年の孤独

アウレリャーノ・ブエンディーアとホセ・アルカディオ・ブエンディーア。長たらしい登場人物たちの名前が眼球に疲労を与え、私を気絶するように眠らせる。

枕元の『百年の孤独』を10ページ読むのに一年以上かかっている。翻訳者に本気で読ませる気があれば、名前を〝よしお〟や〝まさお〟に変換する工夫と思いやりが欲しい。「絶対におもしろいから」と周囲にすすめてもらったので、私は今夜もそれに手を伸ばし、表紙を見て〝百年も孤独って、めっちゃ長いやん〟と同情し、しおりを挟んだページを開く。やめればいいのに今夜もアウレリャーノ・ナントカたちが出てきて、猫たちも布団に入ってきて、いよいよ私が白目をむくまで1分を切った。

21

怒っている当人は傍《はた》から見れば滑稽だ。それは人間に限らず何かに激怒しているゴリラの画像を見ても思う。

ＣＰだってちょっとしたことが気に食わず、鼻にギャザーを寄せて怒っている。私はもっと怒って欲しくてＣＰが嫌いな人差し指と中指を極限まで広げた熊川哲也を上空から舞い降りさせて煽ったりする。ＣＰの頭に軟着陸する熊川哲也。そして背中から尻尾《しっぽ》に向かってじっくりと時間をかけて踊り狂い、股間を強調していきなり飛んだりする（ごめんやで）。ついに噛まれた熊川哲也は、しばらく気絶するも復活。再び上空からゆっくりと舞い降りてくるのだ（ほんまにごめんやで）。怒りマックスのＣＰを見れば、自作の名曲〝小《ち》っさいのに怒りに溢れてる〟も自ずとソプラノ調で歌い上げてしまうけれど、2度目に嚙みつかれたところで反省し、愉快な遊びはお開きとなる。でもＣＰ知ってる？　また後で来るんやで、あいつ。

　私は変態で、立腹したＣＰは自分のお家に帰って行く。まださっきのこと根に持っているのだろうか。ソファに座り、壁を見ながら唸っている栗立ち声が聞こえる。でもＣＰはすぐにお姉のところへ戻ってくる。怒りたくなければ二度とここへ来なければいいのに。

22 毛玉

セーターの毛玉は取り尽くしたし、のりやす君の鼻くそもほじり尽くしたし。他にやるべきことがあるのはわかってるのに。それも今すぐに。

ちょっとした書類を書けないでいる。いったい何ヶ月放置してる？（一式揃えていつも目に付く場所に置いてあるというのに！）。友達に返せないで棚に置いたままの本とＣＤ。見て見ぬ振りをして要らないストレスを抱え込み、何年も息苦しく生きている。そもそも返せない性分のくせに安易に借りてしまう己が悪いのだけど、こんな私にそう簡単に物を貸しさらしてしまったあいつもあいつなのだからどうか待っていて欲しい。ある日突然どうしても返したい衝動がくるその日まで。

自動改札機のタッチパネルが右にあることで左利きの人は毎日少しずつ殺されている。私は右利きだけど、もし私が毎日ラッシュアワーに電車通勤しないといけないレフティだったなら……。積もり積もった小さなストレスに押し潰されたある雨の月曜の朝に私は発狂する。新宿の改札口でどれだけ唾を吐いて暴れても、誰もタッチパネルの位置を左には変えられない。そこでレフティの私は思いつく。改札機を通る直前に後ろ向きに歩いてピッと通り抜ければいいことを。それから流れるように美しい弧を描いて１８０度回転。鮮やかに正面に向き直した私は何もなかったみたいに人の群に紛れ込む。

それに引き換え私の抱えるストレスはクズみたいなものだった。要はさっさと書類を書きさらし、指定された箇所に捺印しさらし、切手を貼りさらして靴を履きさらしてドアを出さらせばいいこと。タイミング良く右足と左足を動かして見つけたポストにそれを投函すればいいだけのこと。あるいは借りたＣＤや本にお礼のお手紙を添えちゃったりして（そしてそこにとても小っちゃなタコ焼きのシールなんかを陽気に斜め貼りしちゃったりして）送ればいいだけのこと。ええ、そうですとも。いくらグズだとかクズだとか言われているこの私だってその気になればできるんですから。

朝の8時から9時のあいだにですよ。あの癇《かん》に障《さわ》る声のヒステリー女が残した着信は5回！　それを知ったこんな朝なんかは書類を書いたり本やＣＤを返すのにうってつけの日。しかしたとえ今日という日を逃したとしても、また別のある日は必ずやってくるもの。たとえばそれは新緑の美しい季節の、全開にした窓から通り行く人々に訳もなく手を振りたいようなきちがいじみた朝かもしれない。〝みんなみんなおはよう！　今日もお元気で！〟。大声で叫びたい衝動を抑えきれない朝に、私の書類は完成するかもしれないのだから。

スペシャリスト

スーパーの鮮魚売り場。

俺の包丁捌《さば》きなど誰も見てやしないぜとおっちゃんは思ってるだろうけど私は見てる。いつも、すごいぜと感心しながら。

キャットフード売り場。

商品を補充しているおっちゃんは、きっと猫好きが高じてこの仕事を選んだ。裏の猫砂コーナーでイラつきながら棚を整理してるおっちゃんだって、同じ理由でこの仕事をしている。嬉しくなってきた私はキャットフードを選ぶふりをして、2人の猫好きたちをじっと見ていた。

3月にしてハロウィンのことを考えている安藤さんは公家か板前になるかで迷っている。公家が頭にのせている〝烏帽子《えぼし》〟という靴べらみたいなやつが意外と安く入手できることがわかると、みんなでかぶろうよと安藤さんは提案した。みんなというのは去年のハロウィンパーティーのメンバーのこと。烏帽子だけでは物足りないと着物の作り方をネットで調べ、こういうのは作れるかと画像を見せられた。パターンはシンプルだったけど最近では自分の簡単な服でさえ縫えない、縫いたくないと思ってるやる気のない私が着物なんて大物は縫えそうにない。ここで安請け合いして焦って縫ってる自分の姿が目に浮かぶようだ。そこで私はもう一つの候補である板前について調べてみようと画像検索してみた。白い割烹着姿や調理服姿の男性モデルの画像が多数ヒットした。それを見せると〝すごいイイ！〟と安藤さんは喜んだ。何がいいのかわからなかったけれど神田川俊郎が着ているようなやつだった。調理帽をかぶるから髪は見えないはずなのに安藤さんは角刈りのかつらをも求めていた。今年は本気らしい。去年初挑戦したハロウィンで適当にテントウムシだった安藤さんは自己嫌悪に陥っていたからだ。角刈り問題をしばらく検討していた安藤さんは、そうだカナちゃんに聞いてみようと発案した。夢は飛躍したようだった。カナちゃんは美容師で、共に仮装した仲間だった。

私の初めての仮装は『魔女の宅急便』のキキだった。赤いリボンのカチューシャもジジも箒も全て母が作った。しかしこれらはハロウィンのためじゃなく、私のキキ好きを知る母が部屋着として作ってくれたものだった。正しくはキキを好きなのではなく、箒という日常の小道具で猫と一緒に飛べることが羨ましいだけだった。せっかく母がくれた仮装セットを無駄にしまいとときどき肩にジジを固定し、箒に跨がったりする。結局箒は部屋の掃除に活躍していたけれど、この日初めて外に持ち出した箒は飛べもしないうえ電車で邪魔なだけだった。私は柄《え》の先に吊るしたラジオを聴きながら待ち合わせ場所の寿司屋に到着した。気後れしてひとりで入れずにいたとき、〝山田さん〟と駐車場から小さな声で私を呼んでいたのがカナちゃんだった。暗い駐車場に『アダムス・ファミリー』のウェンズデーを忠実に再現しすぎてしまった死人感満点の彼女は身を潜めていた。顔色の悪さと目の周りの黒さ、きっちりと編み込まれた三つ編みは道を隔てていても、彼女のヘアメイクとしてのプロ意識を感じさせた。〝私やばすぎませんか〟と彼女は不安げに聞いてきた。でもこの日の街はいろんな仮装で溢れていた。ポリスに扮したミニスカートの半ケツの女。どさくさに紛れてティーバックを食い込ませた男、冬ソナのペ・ヨンジュンを意識しているのかいないのか、単に白のタートルネック愛用者なのかわからない男性。ホームレスかそうじゃないかもしれない人。自主的に施したパンチパーマなのか大仏をイメージしたのかもわからない、おじさんかおばさんかもわからない人間。ここに殺意と包丁を持った人間がいても誰も気がつかないような、なんでもありの一夜だった。

やがて彼女が隣にやって来た。しばらくすると普段着と大差ない格好をした安藤さんがテントウムシのコスチュームで現れた。それから私たちを見て〝けっこう本気だね〟と言った。自分は昆虫の一種であるにもかかわらず〝私たちには統一感がないね〟と安藤さんは残念そうだった。寿司を食べながら、〝来年はテーマを決めてみんなお揃いで〟とリーダーらしく安藤さんが締めた。

安藤さんのハロウィンへの異常な執着はリベンジみたいなものだった。仮装を甘く見ていたことを自戒するように、板前になる準備を始めようとしている。調理服が意外と安く手に入ることにも驚いたけど、1枚から名入れができることに驚いた。安藤さんはブックマークしていたからきっと〝P氏亭〟とか入れるのだろう。架空の小さな料亭で、丸い手で懸命に働くP氏の姿を想像して感極まっていたのだと思う。安藤さんは料亭名が施されたサンプル画像にしばらく見入ったあと〝みんなで名前を入れたら楽しいよね、楽しみ〟と言った。

25 ゲームセンター

100円投入したら問答無用で相手を殴り殺しながら突き進む。

初めてのゲームセンター。ルールはよくわからないけどとにかく向かい来る相手を倒して次のステージへ進めばいいらしい。寸分の隙もなく襲ってくる相手が本当に私の敵なのか、なぜ私に刃物のようなものを突き付けてくるのか理由を聞く暇はない。どんどん倒して進んで行く。私がこの一味に何か嫌なことでもしたのだろうか。それなら一度話し合いたいところだが手元にそれらしきボタンは見当たらないし考えている暇はなかった。脇目も振らず私に槍《やり》を突き付けてくる相手の勢いを見ると、不満の対象が自分であるのは明らかだった。そんなわけで私は彼らを皆殺しにした。やっと誰もいなくなり、ほっと一息ついていると突然開いた扉から3～4人のゴロツキが私に火を吹いてきて卑劣極まりない。私はよくわからないまま手元にあるいくつかのボタンを駆使し、相手に火を吹き返してミサイルを連打した。なぜなら油断しているとこちらはすぐに殺られ、また１００円を投入しろと画面にサインが出るからだ。一番右のボタンを試しにそっと押すと私は意味もなくジャンプし、着地した瞬間殺された。

子供のころ家族で乗ったフェリーのゲームセンターで、父とカーレースをした。ハンドルもおぼつかない私はカーブを曲がり切れずガードレールで跳ね返り、対向車線の車に激突してゲームオーバー。隣では車と一体化した父が得意げにハンドルを切っていた。度々現れる急カーブを曲がり切るたび〝父さんはすごいやろ〟と幼い子供を相手に有頂天だった。ゲームを続行したかったけど父が１００円をくれなかったので、私もいつか本物の車に乗っていっぱい走りたい、急なカーブを曲がり切りたいと思った。

用心深い妹は羽目を外さない。自転車に乗るときでさえ交差点での一旦停止、左右の安全確認も万全だった。日頃から咄嗟《とっさ》の判断力に優れていると父から太鼓判を押されていた妹は、卒業後すぐに車の免許を取らせてもらっていた。本物の車を乗り倒してリア充を満喫していた妹の隣にはいつでも無免許の私が意味もなく座っていた。ハンドルを大きく切ってUターンする妹。狭い路地を逆走しつつ後方から来る自転車をバックミラー越しに確認する妹。雨が降ってワイパーが必要だと判断する妹。それからワイパーを作動させた妹。道を譲ってもらってありがとうとクラクションを鳴らし、お先に失礼する妹。夏休みの宿題を一気にやっつけたりせず毎日きちんとこなしていた妹。私が早々と放棄したそろばんだって根気良く続けていた妹。そんなクールな妹がついに目の前で車という鉄の塊をも操作してると思うと私はいつだって隣に座って羨望の言葉を浴びせずにはいられなかった。一方何においても父から信頼のない私は無論免許取得にも反対された。〝地獄行きの切符をお前は手に入れたいわけやな〟と父は言った。そして〝たまにゲームでもしとけばいいやろう〟と私をたしなめた。別に暴走したいわけではなく、利便性から車に乗りたいだけだった。しかし人を轢《ひ》けば親の責任になるだとか私に轢かれた被害者と遺族を思うと云々と言われれば、気持ちは重く諦めざるを得なかった。平日の晴れた朝、車に乗ってみたくてゲームセンターへ来たもののカーレース系のゲーム機は見当たらなかった。ぶらっと店内を物色したが、そこでは楽器を操るゲームだとか殺るか殺られるかの世界が大半を占めていた。小さなバッグをゲーム機のそばに置いた女の子がゲームに夢中になっていた。肌の質感や飛び散る汗が生々しいミニスカートのキャラクターがマッチョな男性相手に飛び蹴りを食らわせていた。行け。その調子でどんどん殺っちまいな。

今さら車の免許を欲しいとは思わないし、ゲームで十分だから車に乗れたらいいのにな。最後の１００円を使い切って店を出た。地上へ出ると春だった。時計を見たらまだモーニングセットが食べられる時間だったから喫茶店を２軒はしごした。

26

屋根があってよかった

みんな大雨やでこわいな
でも屋根があるから大丈夫
ほら外見てみ　こわいな
でも屋根があるから大丈夫
外の猫ちゃんたちどうしてるかな？
屋根みつけたかな？

ほら雷光った　今落ちた
でも屋根があるから大丈夫

ところでみんなも屋根っていいなって思ってる？
お姉も思ってる
家の中で屋根が一番好き
でも壁があるから屋根があるんやで
壁がなかったら隣の子と会うねんで
いや過ぎるよな
だから壁も大事

ほらみんな外見てみ　晴れてきたで
でも何言ってもみんな寝てるから
お姉も今から寝ます

27

不審者

服と本、どっちが本業なのか聞かれてもどっちも中途半端。いずれも雀の涙ほどの業績しかないので潰しが利かない。

そんな二足の草鞋《わらじ》を融合したとてもささやかなポップアップストアを吉祥寺PARCOで展開してもらっている。そしてよせばいいのに近所だからってつい様子を見に行ってしまう。で、やっぱり私って～販売員でもあるから～つい洋服を整えたり～指紋が付いたアクセサリーなんかを磨いたりしてしまうし～お客様が商品をご覧になっていたら話し掛けてしまって～。

スタッフ不在の一角で私のお節介が止まらない。

頼まれもしない接客をするうちに、ジャケットと本が売れて、気分はさらに活気付く。すると、さっきから私をちらちら見ていた警備員が職務質問を始めた。いい感じにお話しできたと思っていたお客様との間に流れる〝おまえ誰やったん〟ムード。なぜいつも絶妙なタイミングで警備員が来るのか不思議だったけど、防犯カメラのせいだった。モニター室から見れば、私は自分を店員だと思い込んでいる危ない奴かもしれないのだ。

〝この商品のデザイナーなんです〟〝この本も私の本ですし、ここ一角私のコーナーなんです！〟と、つい声を荒らげる私に〝あっちでお話ししましょう〟と促す警備員に私は連行されて。お疲れ様でした。また明日。

子育て

母は夜中に1人でホラー映画を観るのが怖かったから、幼い私を膝に乗せて深夜の仲間に取り込んだ。忘れられない『悪魔のいけにえ』『サスペリア』『シャイニング』。『シャイニング』に夢中だった頃の母は、カーテンの隙間からジャック・ニコルソンのものまねで私を震え上がらせた。絶叫して逃げる私を見るたびに、お腹を痛めて産んだ甲斐があったと母は振り返る。

『悪夢のいけにえ』を観れば、母はレザーフェイスよろしくチェーンソーを掲げて追いかけてくるふりを得意とし、『エルム街の悪夢』を観たときは、赤いマニキュアを塗った長い爪で壁を擦りながら。

『エクソシスト』と『オーメン』で私はオカルティズムに開眼。未熟児で手足が弱く、うつ伏せでハイハイができなかった妹は仰向けで、頭の力のみで床を擦り歩いていたのだけど、この映画に同じようなシーンがある。オカルト映画史上に残る名場面。妹のその動きを母は〝エクソシスト〟と呼んでいた。そういう形態をエクソシストと呼ぶのだと私は長い間思い込んでいたのだけれど。

ホラー映画で育ってきた私からすれば、最近のR指定など生温い。小さな子供のいる家庭だからこそ『悪魔のいけにえ』を家族で鑑賞するなんてどうだろう。屠場を舞台に、女性が生きたまま吊り下げられるフック。これをお母さんの解説付きで鑑賞するのはどうだろう。怖い？　でもさっき食べたお肉はこうやって殺された動物なのよ。いまあなたのお腹に入ってるお肉がね。

29

スパイダー

放し飼いしていたスパイダーが友達を連れて還ってきた。私の黙視を察してか、思い上がっている2人組。白昼堂々スタントマンばりに派手なアクションを披露し、巣は張りたい放題。深夜にお湯を沸かそうとコンロに点火すると、その真上に張った巣から降りてくるところだったので慌てて火を止めた。明朝うっかりして燃やしかねない。心が痛んだけれどひと思いに撤去した。翌朝2人組はガラスの中で飼ってるカタツムリのまわりをうろついていた。彼らはカタツムリに依頼されてやって来たレスキュー隊なのかもしれない。意外と強い蜘蛛《くも》の糸はガラスの蓋を引っ張りあげることも物理的に可能だったりして。しかしいつまで経ってもそれを微動だにできなかった仕事のできない2人組。いよいよ匙《さじ》を投げてしまったのか、空寝しているCPの前で2人がちょけている。CPがときどき薄目を開けるスリル、危機一髪のところで逃げるのをまるで楽しんでいるようだった。一方ぼんやりしているのりやすの前では何をしようと気付かれない2人は、それに乗じて踊っては抱腹絶倒、そのうち寒くなってきたらぐっすり眠るのりやすの背中に小さいこたつを置いてみたりしてミカンや餅を食べ年を越すのかもしれない。頼むからとっととカタツムリを救出してみんなでどこかへ行ってくれないだろうか。

ある夜、スパイダーは寝ている私の上にスーっと降りてきて顔を覗き込んでいた。殺されないという自信は確信に変わったようだった。ところがある日を境に彼らの姿を見かけなくなった。ちょけてたところをＣＰにばれて殺されたのだろうか？　餓死？　私が踏み潰したのか？

今や台所の瓶の中で救出される希望を失い、身も心も殻に閉じこもってしまったカタツムリをそろそろ公園に放つときが近づいている。今年も残すところわずかだった。

30 総決算1

2012年最後の今日のりやすは『のぶお』に。だから私は呼び掛ける。『食品やで、のぶお』『電話やで、のぶお』『ちょっと来て、のぶお』『のぶお来週は三者面談やけど進路決めた？』『今までに何人殺したん？』

2012年の総決算は、のりやす君歴代の名前で決まり。只今大掃除の途中なんですが、ちょっと手を休めて記憶にある限りでの備忘録。それでは今年最後の曲になりました。〝USA フォー アフリカ〟の『We Are The World』を聴きながら、みなさんとひとつひとつ名前を読み上げてのお別れです。冒頭のライオネル・リッチーと、スティービー・ワンダーにかぶせてくるブルース・スプリングスティーンの鬱陶しさに是非ご注目を。それではよいお年を。

《のりやす君歴代の名前》

のりよし
野村義男
よしお
YOSHIKI
SUPERヨシキ
みのべ よしや
よしやす
康夫
やすたにしょうへい
乗田靖乗（ノリタヤスノリ）
やすおとこしげのぶ
のぼりたにひさし
しいたけ

しいたけのうちゆたか
あらいおけそでお
たけお
ヨット
ノリオパス
ホメオパシー
ノリス警部
ノリムラキョウイチ（ミステリー作家）
すし男《お》
寿司渡り
渡り蟹
渡哲也
つねひこ
茂り松
しげる

ドン・シーゲル
尊師
パン
古里みのる
のりしげひさや
のりしんいち
襟裳岬
赤坂のぶお
ポイズン
ポニー
ふわっつ
ぼけなす君
セノリヤス モンク
うんこでか男《お》
はげやす

082

菅原文太
すやり〜の
のり子
猫

E.T.

『E・T・』を初めて観たとき、うちにも来ないかなと思った。今では毎朝起きたら目の前に、帰って来たらソファで薄目を開けてこっちを見ているこの変な生き物が私のE・T・。ユニバーサルスタジオやディズニーランドでどれだけファンタスティックな体験をしても、結局うちにいるこの人たちがファンタジー。

ラストでE・T・は、お父さんとお母さんが待つ宇宙船に乗って帰って行く。せっかくE・T・という親友ができたエリオット少年は、別れを惜しみながらも宇宙船を見送るのだ。こうしているあいだにも宇宙船は私の猫を探しながら少しずつ近づいているのかもしれない。見逃してくれたらありがたいのだけれど、うちの家の上にもいつか宇宙船は止まる。

私のE・T・には、ずっとここにいて欲しい。でもいつかは宇宙船に乗って行くのかな。暇そうに見えて忙しいね、君たち。まだまだ私の家がばれませんように。

32 呪われた交差点

交差点の真ん中で転んだ老人を助けに来たのがこれまた老人2人組だったものだから、ちょっとした交通渋滞が起こっている。

〝大丈夫でっか〞〝肩につかまりなはれ〞と転んだ老人を老人たちが起こしているあいだに信号は点滅し始めた。両腕を2人の肩に回し、マリオネットのように歩く老人の額は流血して『ウォーキング・デッド』。私あのドラマ好き。ゾンビが好き。でもあれ何シーズンまで観たかな。そうそうこの先にTSUTAYAがあるから調べに行こう。いやその前に、この目の前に大きな病院がある。

助っ人を呼んで来ようと病院へ入ろうとしたとき、2人の看護師が飛び出して来た。すでに信号は赤になっていたが、車や歩行者が見守るなか看護師たちの補助を受けて老人たちの歩行スピードはアップ。信号を渡り切った老人たちは白い紙テープを切って病院入り。ロビーでは華やかにくす玉が開き、普段は無愛想な受付の人も、待ち時間の長さに苛立ちをおぼえていた患者たちも、笑顔でクラッカーを鳴らした。

私はこの信号、この病院に見覚えがある。確かおじいが入院していた病院だ。おじいと言っても私の祖父ではなく、借りていたビルの管理人。久しぶりに大阪に戻って来た私がたまたまこの街に腰を据えているのには数奇な運命を感じる。十数年前、入院生活にキレて私に病院を抜け出す補佐をさせたおじい。風に吹かれたおじいの着物の中がノーパンだった事実を知ったのもこの信号の真ん中だった。

33

寝ます

布団に入り、『寝る瞬間て最高』と誰にともなく言ってみる。たぶん猫に言っているのだけれど、毎回同じこと言ってもうっとうしがらない私と彼らの相性は最高。

『今日は寒いでー。みんなお布団入っといでー。お昼はあったかかったのになー。明日もあったかいかなー。あーそう言えば明日食べるもんがないなー。自分らはあるでー。お姉だけないねんでー。風で靴も飛んで行ったしなー。どうしよー。片足だけあるねんけどなー。ケンケンで行くのも限界あるしなー。このままお姉餓死するんかなー。せやし自分らのんきに禿《は》げ散らかしてる場合ちゃうでー。危機感もっていこやー。おもみちゃん重いわー。全体重かけてるやろー。さてはブタ子さんやなー。お姉圧死するでー。あっし、あっしは、あたしゃ、あたしゃあねって江戸っ子かと思ったやろー。みんなあほやなーお姉やでー。みんなー。みんなあほやろー。お姉もあほやでー。バリクソあほやでー。バリックソアホウやでー。あーお腹すいたなー。明日何にも食べるもんないなー。外行くにも靴ないなー。でも寝る瞬間て最高ー。みんなー。もう寝るでー。お姉は今日という日を終わらせるでー。たぶん明日もいいことないけどみんなで遊ぼうなー』

ヌーヴェルバーグ

『バック・トゥ・ザ・フューチャー』を観終わった父に感想を聞くと〝若い奴が時代を超えよるわけやな〟と答え、『激流』という映画を観た母からは〝ものすご激流〟という答えが返ってくる。

あざとい作為がないこんなシンプルな映画評があれば、もっと映画を観たくなると思うのは私だけだろうか。その辺のおっちゃんやおばちゃんにフランス映画を観た感想を聞きたいのは私だけだろうか。ストレートでパンチの利いた言葉を日本中から集めて世界の名画のキャッチコピーを一新して欲しい。日曜洋画劇場の西部劇しか観ない父さんがゴダール観たら〝どないなってんねん〟と怒ると思う。〝サンテレビ〟のCMや番組構成ってヌーヴェルバーグですか?

35

コオロギ

小説を読んでいた。ぴょんぴょん跳ねながら近づいてくるコオロギに車内がざわついている。向かう延長線上は私という気がしていたけど、実際そいつは私の靴に落ち着いた。

〝こんな近くで見たことないかも〟と言って左隣の女の子は観察し、右隣の男の子は〝子供のとき以来だ〟と言って、周りの人たちはみんな物珍しそうに見入っていた。渋谷へ行くのかな。下北沢で人が大勢乗ってくる前に次の駅で放そうと思った。両手でゆっくりとコオロギを閉じ込めるように蓋をしたけど、ジャンプ力が強靭なあいつは指の隙間から何度もすり抜ける。とうとう私は車内の床を這いずり回って7回目くらいで捕獲に成功。開いた扉からホームに放した。そこにただぼんやりと乗り込んできたサラリーマンが踏み潰しそうになり、小さく叫んだ私の声に男性は後ずさりした。危機一髪のところであいつはホームに着地していた。電車が発車したとき、じっとしていたあいつの残像が一瞬見えて消えた。今日は日曜日だし渋谷で友達と待ち合わせしてたかもしれないのに余計なことをしたかもしれない。都会の猫はときどき電車に乗っているという話も聞くし、虫だって飛ぶより電車が早いのくらい知っているだろう。

再び小説を開く。いつもはCPとのりやすの画像があれば、あっという間に目的地。でも久しぶりに手にとったこの小説はやっぱり止まらない。ジャン＝パトリック・マンシェットの『愚者《あほ》が出てくる、城寨《おしろ》が見える』。主人公のジュリーが私に似てると言って中嶋さんがくれたロマンノワール。何度も読んでもこの女、あっさりと人を殺す。

イヴ・サンローラン

なんやかんやで35年この仕事やらせてもろてますイヴ・サンローランいいますけど、若手の頃はディオール兄さんにはほんまようしてもらいました。21のとき兄さんに全部任されましてね。周りは〝まだ早い〟言うのにまた兄さんこれが無茶しよる人なんですわ。で、あれいつやったかいな。せやせや58年や。幸か不幸かあれが私のファーストコレクションでしたわ。発表したとたんやれ天才クチュリエやーやれフランス救たーゆうて世界中で騒がれまして。そっからですわ。ずーっとこの業界でトップ。35年もでっせ。このえげつない業界で。嘘みたいでしょ? いやぁしかしこんだけ長いことトップに君臨してますと正直しんどいですわ。私映画の冒頭でえらい愚痴ってましたでしょ。〝ワシもういややねん助けて~〟〝せやからどないしろっちゅうねん!〟言うてたあれ、いやあれ冗談ちゃいまっせ。正直もう体もえらかったし私もともと鬱ですねん。いっぺん戦争行ったでしょ私。アルジェリア。こちとらゲイのクチュリエでっせ。究極のエレガンス作っとんねん徴兵すなっちゅう話ですわ。そら赤紙きたときはちょけてズッコケたりしてましたけども、いっぺん戦争行ってから頭もおかしなりまして。そっから薬漬けですわ。そうでもせな年に2回も新作なんか作れまへんでしょうみの話。いやぁしかしね、ここまでこれたのも相方がよかったからやと思てます。今流行りの〝パートナー〟ゆうやつですわ。ピエール・ベルジェ。このピエールっちゅうのがまたようできた男でして。公私共にパートナーっちゅうやつですわ。まぁこの男なくしてワシおらんかったんちゃうやろか思てます。せやせやほんであれいつやったかいな。2人でマラケシュ行ったときですわ。えらい格好のええ庭園見つけまして。マジョレル庭園いいますねんけど、2人で〝買取ったろか〟言いまして。いやほんまに買取りましてん。青がものすご綺麗でね。しょうみの話私6年前に死にましてん。せやさかいに今は誰でも入れるよって。モロッコ行ったときはいっぺん寄ってみなはれ。マジョレルブルー、目眩《めまい》しまっせ。

おはなししてよのりやす

〝あのなー、ぼくなー、食品がなー、好きやねん。ブロッコリーとかなー、枝豆とかなー、ジャガイモとかなー、茹でたやつとかなー、好きやねん。でもなー、おせちのなー、たけのことかなー、黒豆とかもなー、食べたいなーて思ってなー、盗んでん。だってなー、食品はなー、おいしいからやねん。ほんでなー、食べたらなー、喉がかわくからなー、お風呂場の前でなー、ずーっとなー、ぼく待ってるねん。ほんならなー、山田さんが来てなー、水道のお水をなー、流してくれるからなー、それをなー、ぼく飲むねん。ほんでなー、ソファーのなー、端っこになー、ちょっとだけなー、横になるねん。ほんでなー、ちっさいなー、お寿司をなー、しばくねん。それをなー、しばいてたらなー、だんだんなー、腹立ってきてなー、ぼくめっちゃしばくねん。でもなー、ちっさいお寿司なー、飛んでいってなー、ぼくなー、すぐ飽きるしなー、手が丸いからなー、やることないねん。だからなー、いっつもなー、ぼくひまやねん。ほんでなー、だんだんなー、眠たくなってなー、いっつもなー、ぼく寝るねん。ほんでなー、また起きてなー、食品をなー、もらうねん。ほんでなー、またなー、お風呂場の前でなー、待ってたらなー、山田さんが来てなー、お水をなー、出してくれるねん。ほんでなー、それを飲んでなー、ぼく寝るねん。何でかってゆうとなー、手が丸いからなー、ひまやねん。ほんでなー、あのなー、ぼくなー、〟

以上がのりやすのおはなし全文。全然おもんないな。でも私はいつものりやすを前に、この吹き替えをアホ丸出しで演じている。そんな私を見守ってくれるのりやすの間抜け面《づら》にときどき涙が出そうになるけれど。

CPを初めて見たのは天神橋筋商店街だった。アドリブでのせたカツラがずり落ちそうなおばあちゃんと、前歯のシステムがジグソーパズルのようなおじさんで営む『高級アクセサリーショップあだち』という店。入り口には汚い鳥かごが置いてあり、CPはその中に入っていた。窮屈そうで不憫には思ったのだけれど、真顔なのにふざけたちょび髭《ひげ》がついていたので吹き出してしまった。すっかり目を奪われた私は、前を通っては引き返すを繰り返していた。私は家に帰ったあとも、目が合ったときのあのびっくりしたような丸い目と、愉快なちょび髭をずっと思い出していて、いつか妹にも見せたいと思った。

その日もCPは鳥かごの中にいて、私たちがしつこく見ていたせいか、〝いるか?〟と言って難解な歯をしたおじさんが声をかけてきた。〝かわいいやろ、プリンちゃんいいますねん〟。名前の由来はチャップリンからきている、面白い顔なのでここに置いているとおじさんは教えてくれた。CPは見世物として扱われていたせいか、ふさぎ込んで目を合わせなかった。

CPをくれたおばあちゃんのこと

〝姉ちゃんもらいいや〟と妹が言ったとき、ひと目見たときからその言葉を待っていたような気がしていた。実家にはいつも猫がいたけれど、所詮は母のものという意識だったから、独り暮らしの私には世話をする自信がなかった。〝こんな鳥かごかわいそうやん〟。他人事《ひとごと》だと思っている妹の押しは強い。

〝ほなかわいがったってな〟とおじさんは言うと、鳥かごのままのCPと千円をくれた。それで私たちはタクシーで帰ってきたのだけれど、晩のうちにCPは姿を消した。

古い長屋。コンクリートブロックで塞いでいた玄関の小さな穴から外へ脱出したようだった。あんな小さな体であの大きなブロックを夜通しかけて動かしていたなんて根性がある。その日から夜になって私が床に就くと、床下からカサコソと音が聞こえるようになった。逃げて行った玄関の穴の前に置いた鰻をうちわで扇ぐと翌朝皿は空だった。つまり床下にいるということだった。毎夜毎夜そんなことを続けて1ヶ月ほど経ったある朝、皿に鰻は残ったままだった。ＣＰは床下から外の世界へ逃げることに成功したらしい。

ＣＰが床下へ姿を消してからというもの、半ば私はノイローゼ気味だった。その証拠にタウンページの何でも屋を呼んで床下の猫を救出してくれと依頼しては無理だと断られてきたからだった。一度『ワシなんでもできまっせ』と自信満々のおじさんがやって来たときは、逃げた蛇を捕まえた武勇伝を散々聞かされて期待させられたあげくに床下に入るのは不可能だと告げられた。『おっちゃんが小っさなったら良かったんやけどごめんな』と言っておじさんは帰って行った。諦め切れず泣いている私に『辛いときはいつでも電話しといで、おっちゃん聞いたるさかい』と言った言葉を鵜呑みにして、それからしばらくのあいだ私はおっちゃんに埒《らち》のあかない泣き事を電話で聞かせていたにもかかわらず『そのうちなんとかなるがな』といつだって前向きに対応してくれた。

近くの公園を通り抜けたとき、ゴミ箱の後ろに潜んでいたＣＰと目が合いお互いびっくりしたのを覚えている。昼間に公園で〝チャッピー！〟と大声で呼ぶと、どこからともなく姿を現すＣＰは民家の屋根を走りながら私の元へやって来た。夜はたいていゴミ箱の後ろで身を潜めて、キャットフードを待っていた。しかしどんなに餌付《えづ》けしても警戒心の強いＣＰは触らせてくれなかったけれど、そのうち自ら足元に擦り寄ってくるようになったタイミングで摑《つか》んで家に連れ帰った。ここからＣＰと東京へ引っ越したりこうして大阪に戻ってきたりと私たちの長い同居生活が始まった。

　あれから十数年が経つ。今でも気が向くと私はおばあちゃんに電話して猫の近況報告をする。しかし90歳を超えた老人と電話で話をすることは困難だ。そもそも私に猫を譲ったことさえ忘れている。『元気ですか？　猫も元気ですよ』と言えば『そう、猫好きなん？　ほんであんた誰？』とあっけらかんと返される。『おばあちゃんから猫もらった山田です。猫が元気なこと報告したくて』『あぁ、あんたかいな。猫と東京いった子やろ？　元気？』『はい。猫も私も元気です』『大阪いつ帰ってくんの？』『今週帰ります』『そうかいな。ほなお好み焼き食べましょう。私連れてったるからね』
私はＣＰのとっておきの写真を数枚持って待ち合わせたお好み焼き屋へ入る。おばあちゃんは猫の写真を見て『えらいかわいらし猫やね』と言いながらお好み焼きをつつきながら『あんた猫好きなん？』といつものように聞く。それから『うちの店にも昔猫おってんけど人にあげてん』と。それ、それがこの猫と私が答えるより早く『ほんであんた誰？』と今日も問う。要するにおばあちゃんは目の前の知らない誰かとお好み焼きをつついている。でもふとした瞬間に私たちのことを思い出すようで、『せやった！　あんたあの猫の子やね！　マサルちゃんとたまに話しててんよ』と感嘆の声をあげるも、『そうですそうです！　だからおばあちゃん、これからときどき猫の写真送るから住所おしえてください！』と言うと、『私ら知らん人に住所おしえんのこわいわぁ。あんた誰？』と、もうさっきまでの記憶を失っている。
ちなみに前歯の不可思議なおじさんはマサルちゃんというらしい。おばあちゃんのいとこで、今も元気にやってるみたい。

39
サブウェイ

昼時のサブウェイで、お腹と背中がくっつきそうになりながら並んでいたけどなかなか順番がこない。

〝嫌いなお野菜はございませんか〟と店員に聞かれた品のいい老人が、〝えぇわたくしおかげさまで何でも食べます。どういうわけか好き嫌いがないんですね。野菜も肉も魚も全部食べます。昔の人間ですからね。しかし最近の若い人は好き嫌いが多いですね〟。原因はどうやらこの店のシステムを無視して喋り続けている老人のせいだった。無駄口を叩かずさっさとお会計を済ませてくれたらいいのに。そのあと〝ご一緒にドリンクはいかがですか？〟と店員にすすめられた老人は〝そりゃ飲み物なしでは当然無理でしょう！〟とさっきまでの穏やかな態度を一変させ口答えしていた。私が店員だったら〝好き嫌いがない〟話題から自然な形で戦時中の話題に持っていってみたいと思ったけど忙しくてそうもいかないだろうし、この老人は話が長そうだ。

40

ゾンビ

ゾンビの中を歩いて切り抜けるテクニックとして、ミンチにしたゾンビの肉を服に塗りつけて彼らと同化するという方法を、海外ドラマ『ウォーキング・デッド』から学んだ。落とし穴は突然の雨に洗い落とされてバレてしまうこと。傘っていつでも必要だな。折り畳みの。私の〝サバイバル術ゾンビ篇〟アップデート完了。

ファンクラブを
結局
つくらない

家最高。寝る瞬間最高。家ファンクラブと寝る瞬間ファンクラブつくったろ。さて寝たろ。寝てファンクラブ設立のこととか全部忘れたろ。

42 総決算2

いつもの花屋でお正月の花を買って帰ったらこっそりカーネーションのおまけが入ってた。〝何で田舎帰んないの？ 親がさみしがってるよ〟って言いながら奥に行ってこそこそしてたけど。粋だねおじさん。いつも陽気に親切にしてくれてありがとう。

今年もいろんなことがあったけど、ラジオをつけて、私と猫たちで静かに過ごす東京の大晦日《おおみそか》。そしてＣＰのりやす今年もありがとう。お餅みたいにもっちりしてて黒豆みたいなＣＰがいればおせちもお餅もいらない。来年もまたみんなでいっぱい遊ぼう。

それでは今年最後の曲になりました。昨年に続きリクエストがもっとも多かった〝ＵＳＡ フォー アフリカ〟の『We Are The World』を聴きながら今年はみなさんでＣＰ歴代の名前を読み上げてお別れしたいと思います。冒頭のライオネル・リッチーと、スティービー・ワンダーに調子こいてかぶせてくるブルース・スプリングスティーンの鬱陶しさ再び。

《CP歴代の名前》

CP
おちゃっぴぃ
ピーマン
ピヨマッチ
近藤真彦
トシちゃん
としこ
野村義男

よしお
よしのぶちゃん
のりちゃん
康夫
なんとなく
クリスタル
おぴーる
おちゃーる
チャッコさん
カチャッ
松方弘樹
板前
梅宮辰夫
仁義なし
髪質

パピ〜ズ
パピ子
パピコロス
コロシアム
ぱぴよっち
チャーマン
オチャーマン
マン
おはぎ
黒豆
おもち
まるもち
フワ子
おもち
池村さん

ぴのちゃん
ぴのこ
パピヨン
パピコロス
コロス
重み

お姉ちょっと布団カバー洗いたいからみんなにどいて欲しいなぁとか思ったりしたけど嘘ですすんません。

パイナップルを置いていたら仲良くなっていたのりやす。

セーターをダサいと言われた日。

吹きこぼれる鍋、足元には地雷、料理は愛情、台所は戦場。

CPはお腹の中に白い犬を隠している。

CP、大嫌いなのりやすに顔で重みかけられているのに許してる？と、思ったけど小さい唸り声が聞こえる。

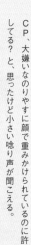

仲良くないのにわりと近い。

グーでどつき合った2人の手はお揃い。のりやすがCPの顔面に真顔でストレートをキメた2013年の私の誕生日。

マレーネ・ディートリッヒ

鼻の下の黒いピッとしたやつ、もし人間に付いてたらどれだけブスだろう。でもかわいすぎるピヨマッチ。私何回この画像を見たでしょう。みんなも見てください。

父がスマホに変えてから私のブログを読んでいる。遊んで夜中に帰宅した、夜中に不審者にチャイムを鳴らされたとか、事件はいろいろあるけど書くと心配するので書けません。〝おまえなんちゅう生活しとんのや、父さん情けないわ〟と叱られるだけじゃなく、長い長い説教を聞くことになるし、それに心配させるから。

まともな神経を持った女性であればひとりでいることを好まない、結婚するとマレーネ・ディートリッヒも言ってる。でも私はひとりで思い立って出かけたり、料理したり、本を読んだり、ビデオを観るのが好きな軽い異常者だと思うわ。父さんごめん。

デブなのはお互いさま

のりやす　『なぁもうちょっとつめてや』
CP　『ほんならあっちのカゴ行ったらええんちゃうんかボケおまえが太りすぎなんちゃうんかコラいちびっとったらどつくぞワレほんで何ちゅう服着とんねんしばくぞおんどれカスがほんで誰が稲川淳二やねん』

新曲

のりやすがトイレから出てくると同時に私は新曲〝うんこでかお〟を歌いながらそれを処理し、次第に自分の声まででかくなっていることに気付き、これがカンツォーネなのだと気付く。

のりやすギバちゃん時代からの一枚。本人の抜け毛で作ったカツラだからフィット感最高。

臥食

覚えたての寝食べにご満悦なのりやす。隠し切れない品の良さが古代ローマ貴族を思わせる。

脱衣アート

外出するときは、猫たちが寂しくないように靴下 ｉｎ スリッパ。なるべく立体的に、お姉がまるでそこにいるかのように。でもお姉はいないよ。ばれないようにそっと消えたから。

雪の日

東京に珍しく雪が降った朝、窓の外でいつにも増して散歩を拒む犬が足を突っ張っている。とにかく散歩が嫌いらしいこの犬にとって雪はさらなる障害らしい。『みんな見てみ、雪やで』と、どうしても2匹の猫に雪を見せたい私は彼らを窓際まで連れて行く。しかし彼らは興味を示さないどころか目はいつものごとく死にきっているうえ、移動させられて不愉快らしい。興味のあるのは食品と、置いたばかりのダンボール。猫草にすら興味がないのだから雪に興味などなくて当たり前だろう。

雪の日に街がスローモーションに見えて素敵なのは人も車も動きが遅いから。そして街の音は雪に吸収されてとても静かだ。いつもと違う雪景色に気付いたのか、のりやすは雪の上に雪の降り積もる音のない音をきいている。

裁断のお約束

生地を裁断するのに最高のポジションが決まった瞬間あいつがスライディング。本当は泣きたい気持ちなのに、愉快なあいつを思って一緒にのってあげたのにシラけた顔で立ち去った。そして何処かに隠れてこっそり様子を見ているあいつは、ポジションが決まり、私がハサミを手にするや否や再び登場する。いいなぁ。それに飽きたら寝るだけやん?

There is absolutely nothing to dislike about cats.

50

筋違い

喫茶店で読書中、隣の老婆2人の話が私の気を散らす。

〝コーラス部の高杉さんが挨拶しない問題〟、〝先週鈴木さんが休んだのは旦那さんだいぶんお悪いんじゃないかしら疑惑〟など。耳が遠いのだろう声がでかい。ひとりは来年90歳になるらしいお達者倶楽部だった。女性はいくつになっても噂ばかりするんだな。それにまさか鈴木さんも陰で旦那の具合が悪いなんて下衆の勘繰りを入れられているとは思いもしないだろう。ほっといたって。

『あたしなんだかこれ頂きに来たみたいでごめんなさいね』と言う声が聞こえると、2人は立ち上がってセルフトレーを持ちながら私の目の前を横切った。そのとき立ち止まってこちらの様子をうかがっている2人の気配を感じとり、顔を上げると『大丈夫よね』と私に問う。『何がですか？』と尋ねると、『いいえ。大丈夫よね、うん大丈夫大丈夫』とお達者倶楽部が言った。もうひとりも『大丈夫よ大丈夫、ね！』と口添えすると、その得体の知れない〝大丈夫〟さは決定的なものとなったらしく、2人はそそくさとその場を立ち去った。

『では来週コーラスで』『なんだか私これ頂きに来たみたいでごめんなさいね』と変わらずやり取りする2人。いったい何が大丈夫なんだか。本当にそれだけもらうつもりで来たんじゃないかと私は疑っている。

『私たちうるさくしたけど大丈夫かしら？』その程度だと思っていた。『大丈夫よね』と聞かれて訳もわからず頷いた理由は、〝我々少々調子こいてうるさかったけど大丈夫よね〟と私は解釈したから。彼女らの30分ばかりの騒々しい時間を水に流してあげる意味を込めて頷いたつもりだった。

　帰ろうと私が椅子に掛けていた淡いグレーのコートを見ると、コーヒーの飛沫でいっぱいだった。なるほど。これは全然大丈夫じゃないわ。


　大丈夫かと聞かれたとき、周りの人たちもこちらを見ていたが、私以外はみんな知っていたんじゃないかと思う。死角になって見えていないのは私だけだったようだ。小説を読んでいる人。iPhoneをいじってる人。アンニュイなＯＬはひたすら中空の天使でも見ているようだった。彼らは既に知っていたはずだ。私は彼らに筋違いの恨みを抱きながら、水で濡らした紙ナプキンで染みを叩いた。やったったな老婆。

　『生きてたって……』的ネガティブ発言もときどきあったけれど、貴様らなら１００歳までコーラス部で歌えるだろう。そして挨拶をしない高杉さんはもうこのまま挨拶せんでよし。

There is absolutely nothing to dislike about cats.

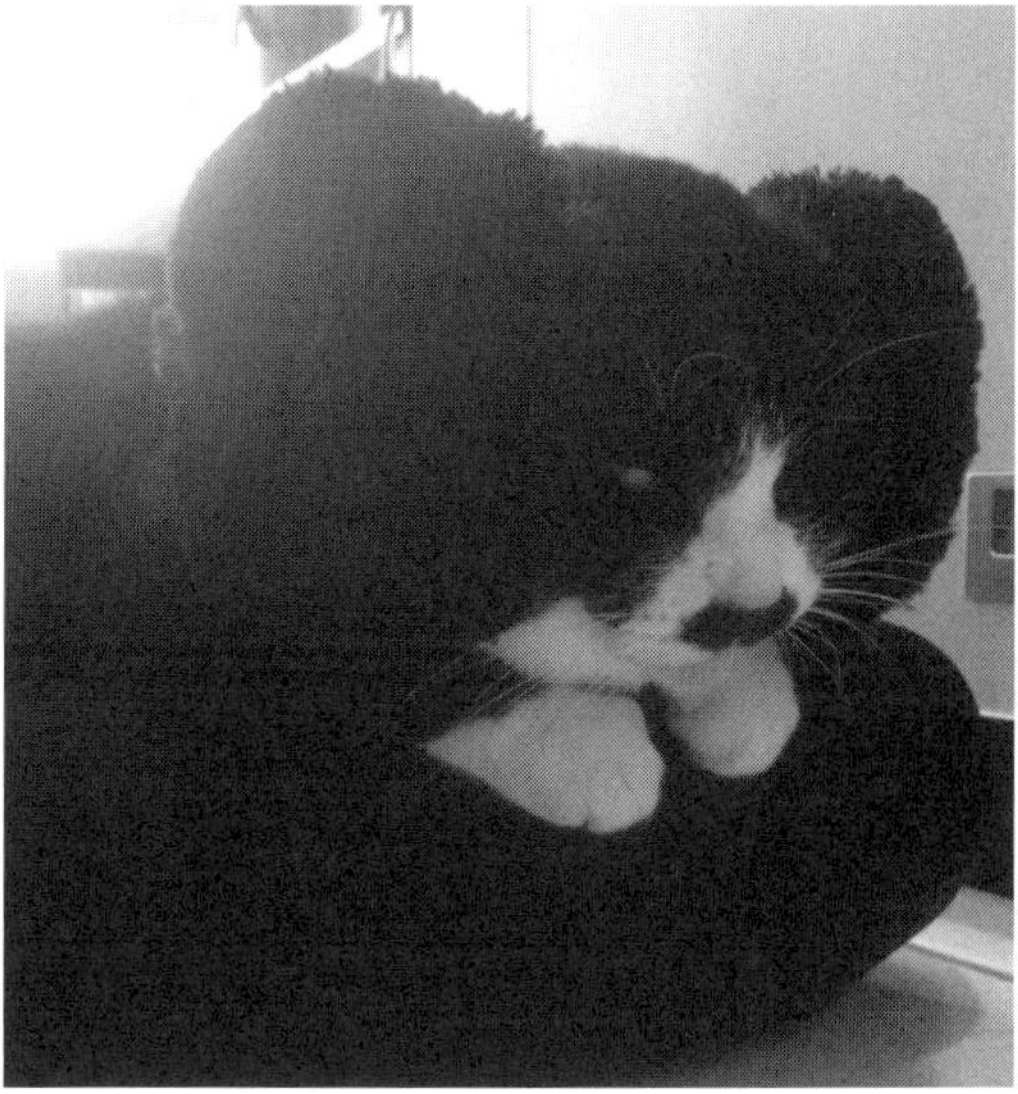

51

ＣＰが死んだ

昨日もっと遊んでおけばよかったとか、コツンと足元を小突いていったのはメッセージだったのかとか。これまで眠っていても話しかけると尻尾で答えてくれていたCPは今にも尻尾を振りそうだった。〝暗かわいい〟という新ジャンルを確立したCP。でも暗い中にも陽気な一面もあった。その証拠に誰もいないのを確認したCPは、暗がりから二本足で登場して私を驚かせ、弛《たる》んだお腹を揺らしながら愉快な踊りをこっそりと私にだけ見せてくれた。

気休めとは知っていても火葬がせめてもの罪滅ぼしだった。CPを見送る自分が一人前の大人になったような気がしていた。霊園ではのりやす似の受付の男の子が不器用ながらもがんばっていて、上の空でもなんとなく彼を目で追っていた。受け取った骨壺を抱えたら、生きていたときのCPと同じ温度だった。

その直前まで元気な足音が聞こえてたのに、いつもの場所で寝てるふりしてこの世を去ったCP。私に楽しい思い出ばかりを残してくれたCPは17歳で、最後までかっこいい私の親友だった。

自転車

CPが死んだ翌日自転車が盗まれたけど買えばいい。CPは戻ってこないけど。「CPは自転車で行ったんじゃない？」と言った友達の言葉を私は気に入っている。フケ君がくれた小さな赤い自転車は白黒のCPにとても似合うと思ったし、頭がいいCPは無駄に歩いて行かないと思ったから。そして無事目的地へ着いたとき、きっとCPは自転車を私に返してくれるんだって友達は言ってたけど、初七日の翌日に近所のマンションの自転車置き場でダイキチ君が見つけてくれた。無事到着したことを教えてくれてありがとうCP。優しいな。

53

のりやすが死んだ

のりやすが何歳なのか本当のところはわからないけれど、獣医さんは野良猫だったのりやすを8歳くらいだと推定した。

検査の結果は心筋症。余命は長くないと言われたけれど、薬で進行を抑えられると聞いてから、毎日の投薬を欠かさなかった。足の動きが不自然なときは血栓かもしれないからいつも注意深く様子をみること、むやみに外出しない、旅行へ行かない、出張のときはキャットシッターを手配するなどを心がけてきた。それから私たちが共に過ごした月日は10年と少し。

様子がおかしかったので病院へ行く。2泊の入院で回復した。1週間が経った再検査の日、のりやすはレントゲンの直後にショック状態になって翌日死んだ。

There is absolutely nothing to dislike about cats.

54

のりやすを初めて見た日

のりやすを初めて見たのは、吉祥寺だと思って入居したら練馬だったというアパートの一室からだった。その日も二階の部屋の出窓から、街に異常がないか、あったとしてもただ見ているだけのCPチェックが入っていた。CPの目線の先にはキッズの輪の中でスナック菓子をたかるあいつがいた。〝ばい菌だらけだから触っちゃダメよ〟とママたちの癇に障る高い声が駐輪場に響く晴れた昼下がりだった。仰向けに寝るのんきなあいつは、キッズを油断させ、ポテトチップスにたかっていた。そこは駐車場で、車の出入りがあるたびに私とCPは轢かれないか心配していたけれど、クラクションにもあいつは何処吹く風だった。ある日のあいつは絵本に出てくる小熊のような短い太い足で黄色い蝶々を追いかけていた。ごはんいる？と聞くと足を止めた。ハンバーガーみたいに横長で大きい顔、それを支える体は昔のラジカセみたいにがっしりしていた。部屋に戻り、CPのキャットフードを皿に盛って戻ったとき、人気者のあいつは既にキッズに囲まれていた。私は離れた場所にしゃがんで手を広げた。あいつはしばらく私のことを物色して、それからキッズの輪をすり抜けると、のしのしと歩いてきた。当時、野良猫なのに8kgほどあったあいつの〝のしのし感〟は貫禄たっぷりで、何匹殺ってきたのかと想像させるような不敵な面構えをしていた。その日からキャットフードを持って駐車場へ行くのが私のライフワークになった。アパートの窓から手を振ると、あいつはじっと私を見て食品が到着するのを待っていた。やがてお菓子をあげることに飽き始めたキッズの中で、唯一生き残ったのがムツゴロウ的な少女だった。おかっぱ頭で眼鏡をかけ、冴えないオーラを体全体で発していた。彼女はいつもあいつの耳元に何かをひそひそと話しかけていたし、自転車のカゴにあいつを乗せて走る姿はE・T・を思い出させ、向かい風に薄目を開けて身を委ねていたあいつはビッグだった。

あいつを妹に紹介した。駐車場の入り口で2人で手を叩くと、しばらくしてあいつはのしのし登場した。〝かっこいいな、飼いいや姉ちゃん〟と妹はCPのときと同じ手法で私をそそのかしたが、その一言で私の気持ちは決まったも同然だった。ただ大胆不敵にスナック菓子をたかるサバイバルセンス、木陰でカマキリを観察したり、塀の上で優雅に日向ぼっこする姿を見ると、私の一存でインドア派にしてしまうのが忍びないような、天下泰平、路上生活の天才だった。

こんな台風の夜はどこにいるのだろうとあいつのことを考えていた。傘をさして滝のような雨の中、駐車場の中を一周してもあいつはいなかった。広い駐車場に並んだ車の下を順にチェックして歩いているとと雨宿りするあいつがいた。呼んでも出てこなかったので、怖くなったらいつでもあそこで待っていると伝えた。そこから見える私の部屋を指して。でもその夜結局あいつは来なかった。

台風が去った朝は気持ちが良くて明け方に目が覚めた。なんとなく玄関のドアを開けるとあいつが座っていた。入る？と聞くより先に足元をすり抜けて入ってきた。それからテーブルの下でしばらくごろごろしていたかと思うと、冷蔵庫を開ける音に反応して走ってくるので、過去に飼われていた経験がある、いろんな家を転々としているなどが考えられた。一方、襖《ふすま》の陰から陰湿に一部始終を偵察していたCPは、無防備な相手に威嚇する必要がないと判断したのか、ただ存在を消していた。ぼんやり薄目を開けていたあいつの目にはそんなCPが見えているのかいないのか判別が難しいところだった。自意識過剰なCPにしてみればそれもまた心外だったのかもしれないが、悟りを開いた人特有のあいつの空洞の眼中にそもそもCPは入っていなかったのかもしれない。しばらくしてあいつは出て行った。

駐車場と私の部屋を行き来する日々が続いた。私はいつものように買い物へ行こうと外へ出て日向ぼっこするあいつの横に座っていた。キッズがやって来て、〝そいつばい菌なんだよ〟と親切にも教えてくれた。〝でもママが保健所を呼んだからもう大丈夫なんだって〟。それで私はあいつを部屋に連れて帰って二度と外には出さなかったし、あいつもそれを求めなかった。海苔が好きだったからのりやす。

55

写真

祭壇の前に座り、額の中のCPと目が合わなかった。この1ヶ月、写真とは思えないほど生々しく私を見ているCPが、今日からただの写真になった。この日を境に突発的に泣くこともなくなった。

『バック・トゥ・ザ・フューチャー』

四十九日が何なのかお坊さんに聞いてみた。7人の神様が7日ずつ説得してこの世への未練を捨てさせるのにかかる日数らしい。こうして異次元（お坊さんは確かにそう言った）に行った動物たちはいつでも瞬間移動して飼い主のところに遊びに来れるのだという。

〝これからいろんな不思議な体験をしますよ。すでに体験されているかもしれないですが〟。黙ってたけどお坊さん、実は私のその体験はもう始まっている。

２０１５年10月21日。『バック・トゥ・ザ・フューチャー２』でマーティとドクが時間旅行して来た未来の日。この日、四十九日を迎えて子猫の姿で私の前に現れたＣＰは、私に時間旅行の可能性を教えてくれた。

成猫で出会った故《ゆえ》、子猫時代を見たいと熱望していた私のためにその姿で現れたのだと思った。子猫の姿をして溝に隠れたＣＰと私はずっと目が合っていた。過去も未来もなくて、今ここにいることだけが現実。生きること死ぬことの意味にとらわれずに今を体験するのが生きることなのだと子猫の姿をしたＣＰが教えてくれているような気がした。人生楽しまなきゃ損！ と言ってる人たちをこれまで私はアホだと信じていたけれど、この一瞬の生を楽しまないと本当に損かもしれないと思った。人はそんな私をノイローゼだと言うけれど、ＣＰを失って心に傷を負ったのだからしかたない。でもこの傷を修復する過程で、科学から程遠い感覚に触れることやファンタジーの可能性に触れる貴重な体験をする。いつかみんな必ず体験する。

毛

いつもの癖で、名前をむやみに呼んでしまわないように気をつけてみる。あいつらいい奴だったし、帰ってきたら気の毒だし、奴らがよく隠れてた押し入れに手を突っ込んで、つい最近まで着ていた冬物のコートを探りながら、そこに奴らの温もりがあったことを思い出す。そして取り出したジャケットにはやっぱり毛がついたままで、それを着て街へ出かけるのだけれど、帰ってきても部屋には誰もいないから帰りたくない。

外はすっかり冬が始まろうとしていて、カレー屋ピッコロなんて看板を見ると膝から崩れ落ちそうになるけれど、あと5分もしたらきっと忘れて歩いてるだろうそんなもん。帰ったらヒーターを出そう。思えばヒーターの前で目を細めていた奴らがいたのはまだ数ヶ月前のこと。しかし私としたことがフィルターをそのままにしてたから、角刈りだった奴らの毛はまだ絡みついているのだろう。どんなに掃除してもひょっこり出てくる奴らの毛。でもいつかはこの毛も完全になくなってしまうのだろうか。今日は長い髭が出てきた。写真の髭の部分に貼り付けた。

蜂蜜

蜂蜜の瓶を手にしたら、小蠅が手元を飛んでいる。蜂蜜のためなら平然と友達を裏切る『クマのプーさん』を思い出すと同時に食品への執着心が強かったのりやすを思い出す。でものりやすはCPを裏切ったりはしなかった。CPが食べているときは、それを欲しくてたまらなかったはずなのに、のりやすは行儀良く隣で待っていた。本人にそのつもりはなかったように思うけれど、CPからすれば顔近すぎるねんという意味を込めて唸られてはいた。

蓋を開けた瞬間、小蠅は勢い良くダイヴ。蜂蜜に足を取られてしーんとしていた。指先でゆっくり引き離してテーブルの上のアイビーの葉に移動させたが、ベタベタで身動きの取れない小蝿は動かなかった。無理に動けば容易に分断されそうなミクロな手足だったからそのままにしておいた。このとんまな小蝿のおかげですっかり冷めてしまったトーストと紅茶。

食器を洗って、掃除機をかけて、洗濯物を干して戻ってくると、葉っぱの上に小蝿はいなかった。残った蜂蜜を虫眼鏡で見たけれど、足らしきものは見つからなかったし、完全無欠で飛んでいったあいつは今もこの部屋のどこかにいるんだろう。そしてこんなこと人に言おうものならノイローゼ扱いされそうだけれど、あれから私の周りを飛んでいるすべての虫、かすかな物音でさえ形を変えて私の様子を見にやってきたＣＰかのりやすなんじゃないかと疑っている。

みんな死んでいる

おはようみんなみんな死んでる？ 今日も起きたらこの現実にマザファカ！

なぁCPとのりやすが死ぬからお姉イラついてるねんで。みんな聞いてる？ お姉しつこい？

みんながいないのはどんな気分かって？ 最高にイラつくわ。

思えば、これまで猫を失った友達にお姉がかけてた言葉なんて薄っぺらいもんだったな。

みんながいなくなった今言えるのは、死んだらおしまいってこと。こうやって即席で作った仏壇の前でお姉泣いたり笑ったりしてるけど、こんなキモい姿誰かに見られたらって思うと。どれだけお線香あげても、食品をお供えしても、みんなもう死んでるもん。

再会

のりやすも死んで2ヶ月が経とうとしていて、四十九日をずいぶん前に感じる。お坊さんの言葉が本当なら、わりとのりやすを嫌いじゃなかったCPと男らしかったのりやすは、粋なことにクリスマスイブに再会してる。しーんとした2人の再会シーンを何パターンか想像できるくらいだから、私にもちゃんと時間は流れている。ずっと昔、余命わずかと宣告されてからも元気だったのりやす。直前まで大好きなブロッコリーを催促し、トントンと私を叩いて名前を呼ばせてはニャアと返事する覚えたての遊びに夢中だったのりやすは子供みたいな顔した翁《おきな》。18歳だった。一方、あっちで夢の独り暮らしをエンジョイしていたと思われるCPは（もしかしたら憧れの竹野内豊似の彼氏ができる直前だったかな？　CP）、意外と早かったあいつとの再会にイラついてたと思うけど、いつか2人で遊びに来そうだからカゴもトイレもそのまま。ただうらやましかった砂トイレはお姉使ってみたい。

昨日『ベルリン・天使の詩』を観ながら、のりやすも元は姿の見えない天使のオッサンで、猫になって私に会いにきてくれたんじゃないのかなと思っていた。なんでいなくなったんだろうと考えてたけど答えは生きてたからだった。CPものりやすも元いた場所へ還っていったけど、生きることと死ぬことについての膨大な資料を私に残してくれた。そして今では首のカサカサが消えたこと、起きたとき白眼がぶよぶよしていないこと、マスクなしでもくしゃみが出ないってことからやっぱり自分が猫アレルギーだったことがわかる。

空き地の人気者だったのりやすが野良生活を捨ててドアの前に座っていた日もこんな朝で、すぐに特別な猫だとわかった私は〝おはようベアー！〟と言って迎え入れた。変な奴だった。変な奴らがいる日々は楽しかったけど今もそれは変わらない。むしろCPとのりやすを二度と失うことがない。でも変な奴は突然現れるから、その前にパスポートを更新したり、友達と夜遊びしたりする。

61

何もいらない

猫がいる日々は確かに楽しかったけれど、いなくなった今もそれはそれで変わらない。

さっき近所で消防車とすれ違ったのに、もしかしたらうちかもしれないというこれまでの焦る気持ちがなくなっている。大切なものなど何もない私の部屋なら燃えてもかまわない。もう燃えたらいいわ。帰ってきたら隕石が落ちていて、猫たちの骨壺が跡形もなく消えていたとしてもかまわない。落ちればいいわ。

62

人種

部屋に引きこもっているので父と母が遊びに来てくれた。〝動物なんか飼うからあかんねや〟と父に言われ、〝今さらそんなん言わんといたって！〟と母は私を擁護する。

〝猫はかわいいわ、人間より好きよ私！ 誰にも言わんといてね〟とか言ってる。それから私は母の最後の猫〝カメラちゃん〟との20年にわたる思い出話を聞かされる。１０００回は聞かされてるけどこれがバリ長い。

〝おまえら気色悪いわ〟と父は言う。そう、私たちは気色悪い人種やねんごめんやけど父さん。

世界は

陰気で陽気なちょび髭と、白くて丸い最高の手を世界は失ったことになる。

猫たちがいなくなってもちろんさみしいけれど、これは私の死生観に対する絶好の資料になったことには違いない。後悔して、この上なく落ち込んで、長いあいだ沈黙を続けていると心の深いところから本当の声が聞こえてくるような気がする。それは平穏無事に暮らしていたと感じていたときの頭でっかちな理屈だけの声とは確実に違う感覚。この気持ちを言葉にするのが難しいけれど、ただ、死ぬことはそんなに悪いものではないということはわかる。死期が近づいているものに、あるいは死んでしまったものに対して可哀想だと嘆く気持ちは生きているものの自惚《うぬぼ》れに他ならないし失礼なことだ。死んで何が悪いのだろう。死後の世界が有るとか無いとか、たとえばそれがあったとして、そこがここより悪いなんて誰が言えるんだろう。悲しいのは、これまで簡単に触れ合えていたあのふわふわの感触が消えたことだけなのだから自分勝手な悲しみだ。〝いつか必ず死ぬ〟という陳腐な慰めにさえ感じていたこの言葉が今では真理。すがりつく思想や高尚な教えなんかなくても、自分の中から静かに聞こえてくる声に気付けば糸口が見える。悲しいことを忘れるんじゃなく、いったん区切りをつけて進んでゆく。そしていつかの己の死に方と死期を案じることは野暮だから運命に任せて生きること、大切な人との時間を感じて生きているだけでいいってことを額の中の奴らが教えてくれる。

64 名残り

通販サイトのウィッシュリストにいつか食べさせたいと思っていたキャットフードを見つけたり、何かとログインするために入力する猫の名前。いろんなところに名残りがあるからiPadを向かいのマンションの壁に投げつけたい気持ちを抑えている。毎朝届くペピイクラブからのメールは憂鬱だけど退会の仕方がわからないので明日の憂鬱も確定したようなもの。

65

破壊

皆殺しの気分でおはよう。後ろ向きな人間だからなのか、わざわざあのときの記憶を蒸し返してじっくりと思い出してみたりする。今日も行き場のない怒りに震えた手でひんやりとした心の金属バットを握りしめると、駐輪場で自転車を、ゴミ置き場のフェンスを、窓から目に入るものすべてを無差別に破壊する。のりやすも亡き今、こんな気持ちが私の親友。頭の中の世界なら何をぶっ壊したっていいだろう。

There is absolutely nothing to dislike about cats.

66 花束

深夜、柄にもなく花束を持ってきてくれたイヌ君とクソゴリ。毎日のように線香をあげにきてくれる近所のフケ君。

フケ君は、私が料理をしてるとセラピーになるとうっかり口走ってしまったがために夕飯時を狙って現れる。連絡せんでええやん、どうせ引きこもってるやんと言いながら突然やって来る。雑食なので、私が飽きてしまった作り置きのおかずを消費してくれる人間コンポストとして活躍している。でもどっちか言うたら俺は洋食より和食、ひじきが好きだと表明し、おまえいっつも同じ服着てるけど風呂入ってんのか、髪の毛傷んでんぞと女友達なら言いにくいはずの忠告をくれるから、新しい部屋着を買って髪を切った。

この家テレビないし面白ないからなと言うので、ラジオをつけるとパリの同時多発テロのニュース。多くの犠牲者を出した大規模なテロよりも、猫たちを失ったことだけを嘆いている自分。このテロで大切な人を失った人の悲しみは本人にしかわからないように、私の猫のかわいさも失った悲しみも私にしかわからない。テロに関する緊急特番もなく、番組プログラムは平常通り進行してヒット曲が流れる。今日的なサウンドの。

猫がいなくなった途端に私の家はおっさんの溜まり場と化しているが、彼らは生前のりやすを先輩と慕ってくれていた。男のりやす、あいつはいい男だったと仏壇に線香をあげるおっさんたち。花束を生ける花瓶の不足と線香の減りの早さ、彼らが撮ったのりやすの写真の多さがのりやすの人望の厚さを物語っている。

料理するのはいいことだ。考え事をしていたらすぐ指先を切ってしまう包丁、吹きこぼれる鍋を見張ることだけに集中している台所には雑念がない。瞑想を深めて自己の内面にダイヴして悟らなくてもこんな日常のふとした瞬間に、ＣＰものりやすも永遠に失わない超越的存在だということに気付く。

調味料の場所も、お茶の場所も覚えてしまった彼らは、私の好きなお茶を好みの濃さで淹《い》れてくれると、今日も食器を洗って帰って行く。２匹の猫をほぼ同時に失うなど予想だにしていなくて買いだめしていたキャットフードは日の目をみることもなく部屋の片隅に置き去りにされている。もったいないから、やつらに食べさせてもいいかな？　ＣＰ、のりやす。

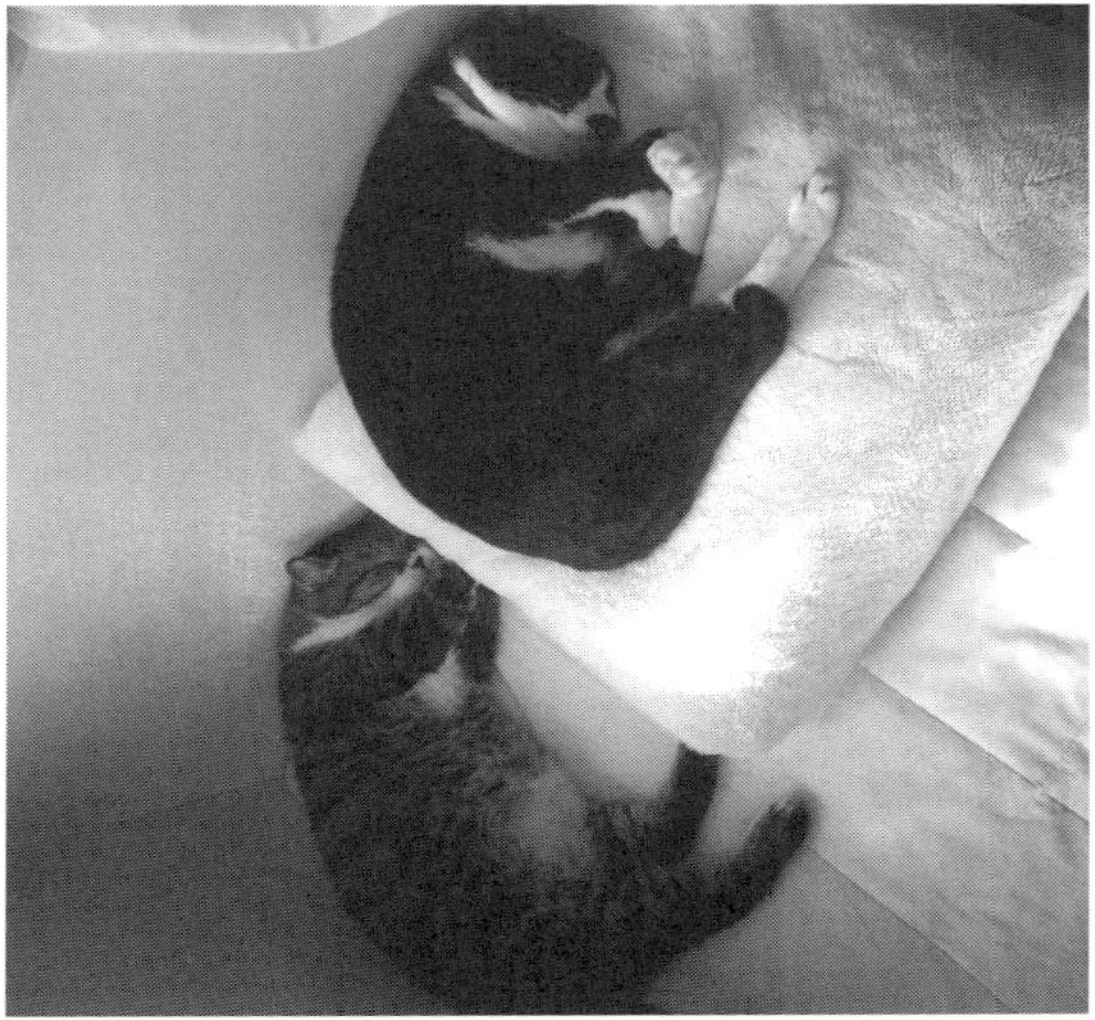

There is absolutely nothing to dislike about cats.

67

呪い

妹のクリスマスプレゼントに買っておいた骨董の皿を結局贈らないままシュトーレンをのせてファッキンメリークリスマス。雪山にて赤いとんがり帽子の小人が得体の知れない小動物に食品を与える決定的瞬間が精密に描かれた大皿だ。前回の誕生日に贈った写実的に描かれた仔犬ショルダーバッグを送り返されたのも比較的最近のことだから私も少しは学んだみたい。猫たちが立て続けに死んでしまったことを、私が古着を買いすぎる呪いだと妹は信じている。真偽は私にもわからないけれど、素材とディテールがいちいち魅力の古着よりも、ダサくてニューな服のほうが絶対呪われている。

先生ありがとう

深夜まで残業してのりやすを診てくれたのに、納得のいかない自分の感情ばかりぶつけて帰ってごめんなさい。子供のころ、家で飼ってた猫たちが病院で最《さい》期《ご》を遂げるたびに母は泣いていたけど、泣く先生はひとりもいなかった。そういうことには慣れているのか、たぶん事務的な手続きをして、動物霊園を紹介されて、それでおしまいだった。でも先生がのりやすをかわいい顔だと、とてもいい猫だと言ってくれたとき嬉しかった。のりやすが死んだとき、私は先生の顔を直視できなかったけど、泣いていたのがわかっていた。駆けつけたけど間に合わなかった私の代わりに、のりやすのそばにいてくれて先生ありがとう。

69

寿司のモノマネ

寿司のモノマネ中というこの画像はハムスター狂の友人にもらった。人のことなど言えないが、みんなそれぞれの親友に夢中なんだろう。きっと彼女は回転寿司に行って、レーンを流れてくる小さいネタを眺めるたび、家で待ってるハムスターのことを思い出して〝早く帰ってあいつと遊びたい〞と思うんだろう。

ブラックジョーク

〝これ明日も200円？　いつまで200円？〟とスーパーの店員に確認をとるおばあさん。それが何だったのかは忘れてしまったけれど。〝だって私いつまで生きてるかわからないもの〟と言うと、おばあさんは、私に笑いかけた。そのときはブラックジョークの冴えたおばあさんだと思っていたが、猫を亡くした今となってはあの言葉が突き刺さる。

71

誰にも邪魔されない

それでも仕事をしなければならないからパターンを引くのだけれど、ミシンを踏むのだけれど、もう誰にも邪魔されない。今まで邪魔されていると思ってたけれど、邪魔をしていたのは私のほうだった。

72

蓋

しょうもない雑貨屋で流れていたしょうもないBGMは、猫を同時期に失った私を馬鹿にしているようなメロディだった。確かその雑貨屋で買ったジャムの蓋が固くて開かない。

　結婚して良かったことは瓶の蓋を開けてもらえることだと母が言っていたのを思い出しながら力任せに捻《ね》じってみるも頑固な蓋は開かず、首の筋がつった。諦めた私は蓋を覆っていたお洒落風を装った茶色い紙と、それを固定していた麻紐のセットを眺める。奴らの頭にこれをそっとかぶせると、アラブの油田王ごっこに黙って付き合ってくれたに違いない。

73

去年の今日

去年の今日がいつもと違っていたことは、突然防災訓練のサイレンが爆音で鳴ったこと。そのあとCPの心臓が止まっていたこと。あの日から1年が経った今日、CPのお骨を持って遠い山の上で供養をしてもらった。

待合室には飼い主を慰めるためのセラピー本やセミナーのチラシなどが置いてある。死んでしまった動物は、天国の手前の虹の橋で飼い主を待っていて、いつか飼い主と再会してその橋を渡るのだと『虹の橋』という本に書いてあった。去年の今日、私はここでこの本を読んだはずなのだけど覚えていない。とにかく動物たちは虹の橋で仲間と遊んで楽しいときを過ごすらしいのだけど、暗かったCPのことだからたぶん友達もいないだろうし、たったひとりの同居人だったのりやすのことも無視しているのが容易に想像できる。CPは毎日ひとりで何をしてるんだろう。うちにいたとき主に壁を見つめていたCPは、今ごろどこを見つめて時間を潰しているんだろう。明るかったのりやすにはきっと友達がたくさんできて仲良く遊んでいるところが想像できる。

夏からベランダで3匹の蜂が巣を作っている。殺虫剤を使わず、ホースによる最大の水圧でもって破壊した。戦闘着は厚手の上着とパンツ。そのうえサングラスとほっかむりとマスクという養蜂場スタイルが暑さで頭にくる。しかし翌朝になると蜂たちはまた同じ場所に巣を作り始めていて、どこからともなく助っ人も加勢。子供たちが生まれる前に諦めてもらおうと2度目の破壊。翌朝には3度目の巣作りに挑戦していたしぶとい奴ら。

　奴らは早朝からぶっ通しで働く。私はカーテンの隙間からそれを見て、感心と罪悪感のなかで二度寝する。洗濯物を干しているあいだも巨大蜂たちは私の横をすり抜けて夢中で巣を作る。ついでに私を刺し殺すこともできたのに、奴らに殺意はなく、巣を作るというミッションしか頭にないらしい。うかうかしてる間にも巣は完成しそうで3度目の破壊の日は近づいている。飛び立っては花粉か何かを手に入れて、間違いなくこのベランダに戻ってくるあいつらの方向感覚は抜群で、戻らなくていいのに必ずここへ戻ってきてくれる。

　洗濯を干していた私は図らずも巨大蜂に刺され、気付けば虹の橋に立っている。ＣＰはポーカーフェイスだけど私を見て驚き、これでもかというほど目が丸くなる。それから私にだけわかるちょっとだけ嬉しそうな顔を見せてすぐ壁を向く。しっぽがパタンパタンと地面を叩き、はばかりながらもお姉がお尻を叩きにくるのを待っている。かといって、遠くで友達をしばいて遊んでるのりやすがうすのろだとは限らない。〝食品きたよ〟とお姉が叫べば何を差し置いても走ってきてくれる。何の疑いもないメープルシロップみたいな目をして走ってきてくれる。茹でたブロッコリーを食べれば昔私たちが一緒に暮らしていたことを思い出すかもしれないし、思い出さなければ初めましてでもいい。私たちはみんないつでも最初からやっていける。ただ私たちのあいだには深くて大きな見えない断層が存在していて会えないだけだから。刺すなら刺せやと思いながら、私は蜂のなかで洗濯物を干している。

74 永い夢の終わりに

来るべき新年まで1時間をきり、紅白では今年で出場が最後という森進一のリップラインがスティーブン・タイラーに酷似している。

さてあけましておめでとうCPのりやす。いつも3人でカウントダウンして盛り上がってたね。お姉だけ。しばらく続くこの寒さを乗り越えると春がくる。そして夏がきて秋がきて冬がきて、またあけましておめでとう。世間知らずでつたない出来の大人であっても生きてるかぎり新年はやってくる。

ピーターラビットの歌を歌いながら、奴らがこの歌を好きだったのかどうかなんて今となっては疑わしい。でもこのいたずら好きのかわいいピーターラビットもいつかは死んでカチカチになる。ピーターがいなくなっても私が平気でいられるのは遠い世界の兎だから。

私たちは8世紀に建てられた大聖堂で聖歌を聴かなくても、たとえば晴れた日に洗濯物を干しているとき、ブロッコリーを茹でているときにも、日常の世界から引きずり出されて神聖な世界が見える瞬間を手にいれることができる。シャーマンでもないのに、五感に働きかけてくる何かをふとしたときに感じている。永い夢みたいな時間だったけど、出会った奇跡と共に過ごした時間は存在する。これだけは誰にも違うとは言わせない。

　なんとなく目が合って、ＣＰとのりやすと、部屋の真ん中で落ち合った２０１５年９月４日の18時45分はきっとどこかで何度も繰り返されていて、この先も、ずっと先も、カセットテープみたいに永遠に回り続けている。どんな事件が起こってもお姉のライフはゴーズオンだった。紅白が終わるまでにこの夢みたいな物語をいったん清算して、くだけた言葉で言ってみる。みんなみんなみんなあけましておめでとうと。

75　惑星

死んでしまった猫とかけまして、後悔と未開封3kgのキャットフードとときます。

そのこころは〝どちらもｈｅａｖｙです〟。

猫が死んで結婚して謎掛けも言えるようになった。猫が私に残していったのは、後悔の念と未開封のキャットフード。

マンションのゴミ捨て場に住みついた3匹の野良猫を見つけたのは主人だった。うち1匹にサビの子猫がいる。サビ好きの安藤さんに伝えると、さっそく見に来て〝子ピー氏〟と名付けた。〝かわいい。山田さん飼わないの？〟と言いながら安藤さんはしゃがんでシャッターをきる。

彼女の親友のP氏同様、子P氏も暗闇にいると柄がガチャガチャしてるせいで写真の中は真っ黒だった。

3匹はいつも一緒にいて、夜になるとゴミを漁る。それでいよいよキャットフードの出番がきた。警戒心の強い3匹は身を潜めて主人が来るのを待っている。皿が置かれるのを遠巻きで窺っていて、主人が立ち去るのを確認してから恐る恐る皿の周りを囲み出す。私は4階のベランダから双眼鏡でその一部始終を覗いている。

皿が空になったことを伝えると主人は回収に向かう。そのあいだ、お腹を満たした猫たちがグルーミングする姿を双眼鏡から覗いている。突然の主人の登場に3匹は散り散りになる。皿を回収した主人がいなくなるとまた3匹は定位置に戻ってくる。どこかに隠れて主人を見ている猫たちを上空から双眼鏡で私が見る。もしかしたらそのさらに上空の、どこかの不思議な惑星からあいつらが見ているかもしれない。〝みんな、お姉のキャットフードの使い道は正しいかな？〟

もしピントが合えば奴らが一瞬だけ見えたと思うけど、双眼鏡で星までは見えない。

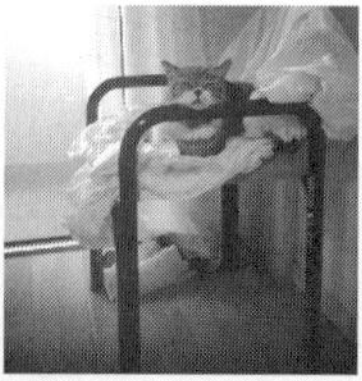

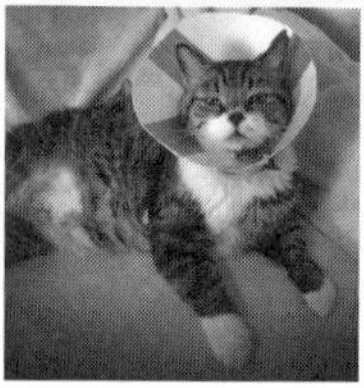

There is absolutely nothing to dislike about cats.

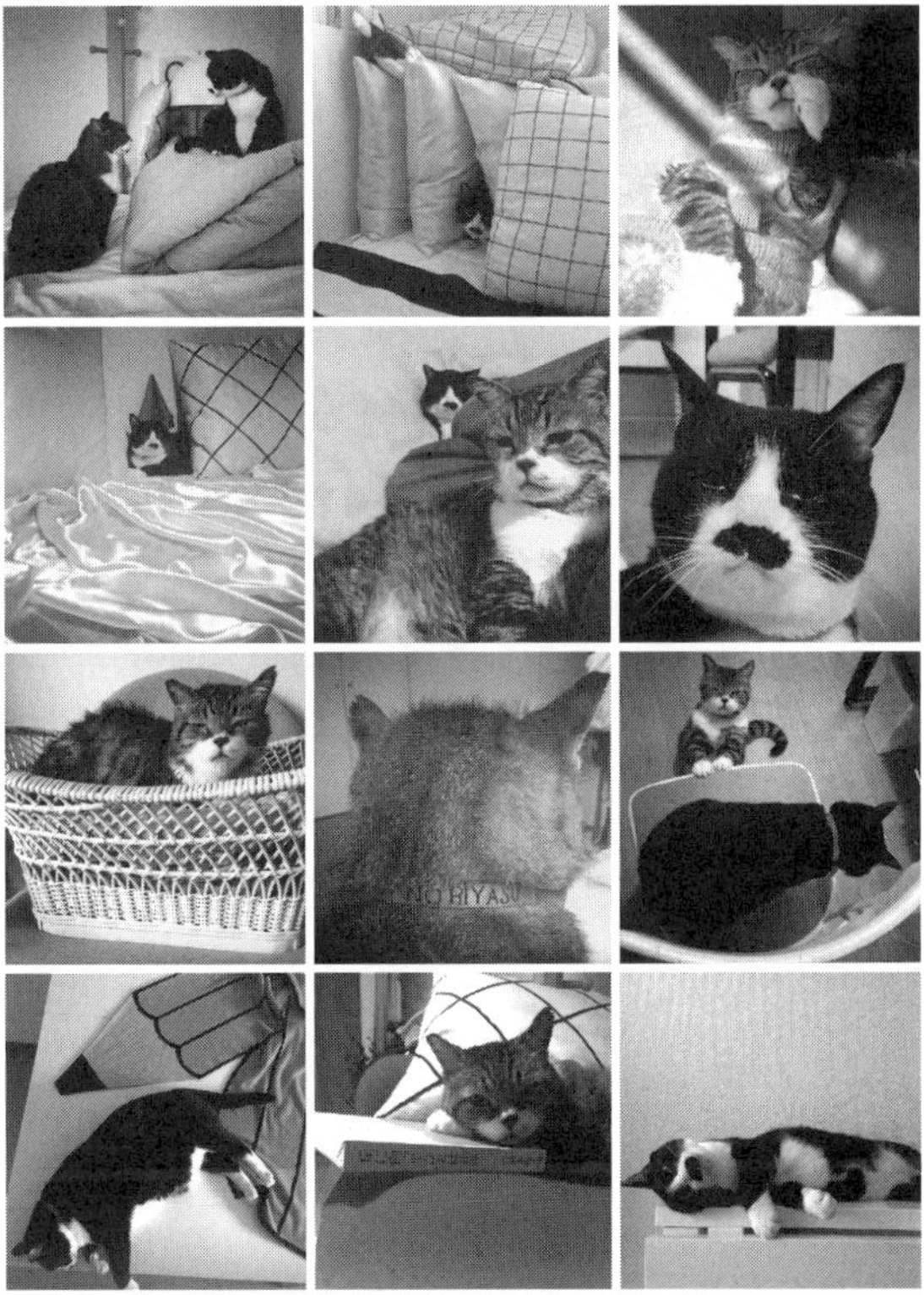

あとがき

できれば自分の本は読みたくない。だけどあとがきを書くにあたって仕方がなく、細目《ほそめ》で走り読みした。この本の中の私は相当いちびっていた。それがある日、エレベーターのロープが切れたみたいにドスンと落ちてそれでおしまい。読みながらあの痛い日々を思い出し、4年経ってまだ2匹が思い出にもなっていないことに気付く。

あの頃は毎日がピクニックだった。だから私は、今の猫たち相手に浮かれないよう気をつけている。ピクニックはいつか終わる。それはまぎれもない事実。私はこれを、CPとのりやすから教えてもらった幸運な発見だと思っている。

我が家には今3匹の猫がいる。CPとのりやすが去ったあと、うちのマンションの下で生まれた子猫たちだ。私は夫がごはんをあげる様子を、4階から双眼鏡で眺めていた。自分の人生に関わった猫を放っておけなくなるのがわかっていたから。私は毎日、彼らを避けて避けて避けてエレベーターに乗った。今日も助かったとほっとする。

だけどある日、壁から顔を出す小さいサビ猫と目が合った。私はその日を境に望遠レンズを通して世界を見ることをやめた。それからサビ猫との距離は日毎に近付いた。ところがある日、彼女は大通りで死んでいた。車に轢かれたんだと思う。

それから次の春が来て、マンションの下は、新たに生まれた子猫たちで賑わっていた。

そのうちの賢い黒猫兄妹が、4階の我が家へ遊びに来るようになった。うちの前でニャアと声がしてドアを開けると、そこには小さい2匹の黒猫が座っていた。初めてそれを体験した日、私はついに自分がイカれたんじゃないかと疑った。

私は料理をしているときも、音楽を聴いているときも、つねに外の音に耳を澄ませるようになっていた。真冬でもバスルームのドアを開けたまま、震えながらシャワーを浴びた。全裸で走って空耳だったこともしばしばある。鳴けば素早くドアが開くものだから、たぶん2匹は自動ドアだと思っていたに違いない。

2匹が階を間違えないように、オーストラリア土産の小さいコアラのぬいぐるみをドアの傍に置いた。それが目印になったかどうかはわからないけど、2匹は毎晩訪れるようになった。来ない夜は、車に轢かれたんじゃないかと心配で眠れなかった。真夜中にマンションの下まで探しに行くと、私を見た2匹は思い出したように階段を駆け上がり、私より先に着いてドアの前で待っていてくれた。来ない日は、たいがい友達とパーティーをしていた。12月に入ると、1日100回くらいやって来た。2匹は外の世界の人気者だったけど、クリスマス前の夜にストーブの暖かさを知って以来、ほぼ我が家に落ち着いた。

これ以上書くと、1冊書ける勢いがあるのでこのへんで。ちなみにあとの1匹は、ある日突然現れた2匹の友達。出会ったばかりなのに私の足元を離れず、打ち解けた様子でそのままエレベーターに乗ってきた。メープルシロップみたいな目をしたのりやすにそっくりの猫だった。目が合った瞬間、私の人生でまた長いピクニックが始まるのを予感した。

こうしてストリート育ちの新参者とともに、先日2匹の5回忌を迎えたところ。命日なのに笑ってしまうのは、お供え物のキャットフードを盗む彼らのアナーキーさだ。だけどそんなことのりやすは気にしない。CPはイラついてると思うけど。ともあれこの奇妙な物語の続きは、いつかのクリスマスあたりに話せたら。

山田かおり

本文デザイン　古田雅美
本文写真　　山田かおり

この作品は二〇一七年一月小社より刊行されたものです。

幻冬舎文庫

●最新刊
猫は、うれしかったことしか覚えていない
石黒由紀子・文　ミロコマチコ・絵

「猫は、好きをおさえない」「猫は、引きずらない」「猫は、命いっぱい生きている」……迷ったり、軸がぶれたとき、自分の中にある答えを探るヒントを、猫たちが教えてくれるかもしれません。

●最新刊
男の不作法
内館牧子

知らず知らずのうちに、無礼を垂れ流していませんか？　「得意気に下ネタを言う」「上司には弱く部下には横柄」「忖度しすぎて自分の意見を言わない」。男性ならではの不作法を痛快に斬る。

●最新刊
女の不作法
内館牧子

よかれと思ってやったことで、他人を不愉快にしていませんか？　「食事会に飛び入りを連れていく」「聞く耳を持たずに話の腰を折る」「大変さをアピールする」。女の不作法の数々を痛快に斬る。

●最新刊
グリーンピースの秘密
小川　糸

ベルリンで暮らし始めて一年。冬には家で味噌を仕込んで、春には青空市へお買い物。短い夏には遠出して、秋には家でケーキを焼いたり、縫い物をしたり。四季折々の日々を綴ったエッセイ。

●最新刊
人生で大事なことは、みんなガチャから学んだ
カレー沢薫

引きこもり漫画家の唯一の楽しみはソシャゲのガチャ。推しキャラを出すべく必死に廃課金ライフを送っていたら、なぜか人生の真実が見えてきた。くだらないけど意外と深い抱腹絶倒コラム。

幻冬舎文庫

●最新刊
ひとりが好きなあなたへ2
銀色夏生

先のことはわからない。昨日までのことはあの通り。あまりいろいろ考えず、無理せず生きていきましょう。

（あとがきより）写真詩集

●最新刊
だからここにいる
自分を生きる女たち
島﨑今日子

安藤サクラ、重信房子、村田沙耶香、上野千鶴子、山岸凉子――。女の生き方が限られている国で、それぞれの場所で革命を起こしてきた十二人の女たち。傑作人物評伝。

●最新刊
やっぱりかわいくないフィンランド
芹澤　桂

たまたまフィンランド人と結婚して子供を産んで、ヘルシンキに暮らすこと早数年。それでも毎日はまだまだ驚きの連続！「かわいい北欧」のイメージを覆す、爆笑赤裸々エッセイ。好評第二弾！

●最新刊
オーストリア滞在記
中谷美紀

ドイツ人男性と結婚し、想像もしなかった田舎暮らしが始まった。朝は、掃除と洗濯。晴れた日には、スコップを握り庭造り。ドイツ語レッスンも欠かさない。女優・中谷美紀のかけがえのない日常。

●最新刊
ののペディア　心の記憶
山口乃々華

２０２０年12月に解散したダンス&ボーカルグループE-girls。パフォーマーのひとりとして走り続けた日々から生まれた想い、発見、そして希望。心の声をリアルな言葉で綴った、初エッセイ。

猫《ねこ》には嫌《いや》なところがまったくない

山田《やまだ》かおり

令和3年2月5日　初版発行

発行人――石原正康
編集人――高部真人
発行所――株式会社幻冬舎
〒151-0051東京都渋谷区千駄ヶ谷4-9-7
電話　03(5411)6222(営業)
03(5411)6211(編集)
振替00120-8-767643
印刷・製本―株式会社　光邦
装丁者――高橋雅之

検印廃止
万一、落丁乱丁のある場合は送料小社負担で
お取替致します。小社宛にお送り下さい。
本書の一部あるいは全部を無断で複写複製することは、
法律で認められた場合を除き、著作権の侵害となります。
定価はカバーに表示してあります。
Printed in Japan © Kaori Yamada 2021

幻冬舎文庫

ISBN978-4-344-43065-5　C0195　や-44-1

幻冬舎ホームページアドレス　https://www.gentosha.co.jp/
この本に関するご意見・ご感想をメールでお寄せいただく場合は、
comment@gentosha.co.jpまで。